大展好書 好書大展

大展好書 好書大展

文學叢書6

同賞窗外風和雨

陳長慶著

謹以此書　獻給

畢生默守家園、從事農耕工作的父親、以及
熱愛鄉里、勤儉持家的母親；

雖然
父親已遠離我們，去到一個遙遠的地方，
母親亦已八十高壽；然而，
父愛的光芒、
母愛的慈暉，
儼若黑夜裡閃爍的明燈，
讓我把持著人生的方向……。

木棉花開致友人書

——贈陳長慶

張國治

啓開了 John Walk 的封印
就啓開了年少塵封的記憶酒窖
望海的心情
一如年少理想的放櫂、眺遠
而詩心先醉
寫給你的詩還未揮就呢？
二十載的浯島拓荒

是一個艱深的泥印
重重踩在紅褐土的田疇
你我相偕走過，然而
綠色的阡陌
你曾休耕，棄守
黃昏一盞古老油燈
徒留我風雨閃曳中
如今
歸來是一記
震響的宣示
一如記憶中的炮擊
走過故國神州
海南島的春天
走過故鄉蒼老的石板巷陌
啓開地窖酒釀的塵封記憶

3　木棉花開致友人書

時光並未走遠
仍在我們的記憶及文字中
華髮雙鬢
即使早生霜露
我們靜靜守候故鄉
最初的愛，不改身世
一如最初的濃烈
年年春天
木棉花開新市街深
垂落許多美麗的期待
嗨！可還記得那寂靜的
諾言……。

寫於一九九七年四月十七日木棉花開時

目錄

江水悠悠江水長

那空谷清音將是我最好的催眠曲，
溪底翠綠的水草是我
最柔軟的溫床。
神農溪啊，神農溪：
沒有更恰當的辭彙來讚美你，
你的名字就叫美麗！

江輪《中國之夢》終於起錨了，那嘩啦嘩啦作響的鐵鍊聲，給這悠悠的江河增添不少美的樂章。

我們何其有幸，在離開人間不遠的今天，竟能踏上這塊夢想中的土地，轉而航行在這條中國人引以爲傲的江上。江水雖然混濁，兩岸的自然景觀也被這世上最險惡的人類所破壞，但我們永無遺憾，恨不得俯下身去，飲一口長江水，飲出它的平靜祥和，飲出它的溫柔敦厚！

走上甲板的觀景台，黃鶴樓離我們漸漸遠了，它消逝在武漢長江大橋的暮色中。江輪也燃起了燈火，霧也開始輕飄，夜的情愫蠕動我們即將溢出的淚水，這孕育著中國最大經濟地域的江河啊；您是祖先遺留下來的光輝代表。

在船長的歡迎酒會上，我們舉起那注滿紅酒的高腳杯，爲我們相識三十年而在家鄉說不上三十句話的遺憾而乾杯，爲我們踏上故國河上仰望長江的星空，俯首悠悠江水而乾杯。然而，我們乾的不是紅酒，而是累積四十餘年思鄉的腦汁和淚水。我們輕輕地搖搖頭，含著淚水相視而笑。

那位年輕的經理說：

船長是江輪最優秀的船長
大副是江輪最優秀的大副
水手是江輪最優秀的水手
而我們呢？

我們不是口嚼檳榔、腰掛嗶嗶機、手持大哥大的「呆胞」。我們是來自金門，歷經八二三砲戰、六一七砲戰，沒被炸死的「英雄」，想不「優秀」也難！

江輪平順地航近那嚮往已久的西陵峽，在雲霧中，只感到山頭煙雲繚繞，橫陳的峭壁與那挺拔的線條交織成美的韻律，我們在觀景台久久地佇立著。突然，李白的「下江陵」不約而同地從我們口中輕輕地吟出：

朝辭白帝彩雲間
千里江陵一日還
兩岸猿聲啼不住
輕舟已過萬重山

雖然李白是由四川下江陵，而我們由武漢逆流遊江，不管它是順流或逆流，這首詩是我們最完美的詮釋。

在沙市的一個簡易渡口上岸，在船上待了將近七十幾個小時，能暫返陸地，也算是身心上的一種解放。儘管它不是我們理想中的城市，但這是我們的土地和同胞，我們沒有理由不愛它，不喜歡它。

在荊州城轉了好大一圈，雖然它沒有長城的雄壯和寬廣，但它卻環繞著整個荊州，那方方整整的巨石，那赤紅的小磚塊，砌成一個古老的城門，也告訴我們一個血肉相連的歷史故事。

想在城門下捕捉一些難以忘懷的美景，驀然，一隻驢子馱運著二桶水肥從身旁走過，那一杓一杓的人工肥料，卻能讓高粱地瓜快快成長，我情不自禁地深吸了一口，那熟悉而親切的味道，在異鄉長滿青苔的城門下，讓我回憶，讓我找回記憶——那五十年代農家生活的情景，怎不教人淒然淚下。

江輪航向雄奇險峻的瞿塘峽，我們由一艘鐵殼船接駁，再改乘小木船進入神農溪。這由長江分出的支流，溪水清澈見底，兩旁高聳的巖石峭壁，岩塊堆疊成冊，好像進入了一個神話世界。船老大在船尾掌舵，兩位船夫在船頭撐篙，船老大唱起了不知名的山歌和情歌，那嘹亮的歌聲，那一陣陣的掌聲，以及那心靈滿足的笑聲，在這溪流峽谷間久久地飄蕩著。

突然，小船被一波急流沖向佈滿峭石的岸邊，只見船夫撐起長長的竹篙，把一邊的鐵茅對準巖石的空隙處，使勁地一撐，小船又回到原先的航道，這個驚險的鏡頭，或許只有在電影中才能看得到。

我悄悄地把救生衣的環扣解開，希望再遇到一次更大更險的急流，讓小船撞上岩石而沉沒，其他同伴因有救生衣而生，我卻願意長眠在這與世無爭的深山溪谷裡，那空谷清音將是我最好的催眠曲，溪底翠綠的水草是我最柔軟的溫床。神農溪啊，神農溪：沒有更恰當的辭彙來讚美你，你的名字就叫美麗！

遠離《浯江副刊》這塊園地已足足二十年了，當初我們都有一個共同的心願：「要讓文藝的幼苗在這島上成長和茁壯」，在你接編副刊的那些日子，雖然有心要把它編得多采多姿有聲有色，但在現實環境的限制下，問題一一浮現在檯面，換取而來的卻是掛在唇角的那絲苦笑。文藝雖然是你的最愛，但長久從事新聞理論的撰寫，反而遠離了文藝，你我都一樣，交出的是一張空白的成績單，我們不感到悲哀，文友們爲我們而難過。

江輪到了重慶，也是我們旅遊長江三峽的終點。

重慶是霧都，也是有名的山城。放眼一看，一片白茫茫的濃霧，遮掩了整個山城的輪廓，從窗口望去，像似一幅沒有著色的抽象畫。看過三峽的奇偉蒼翠，再看那白茫茫的重慶，且也有幾分新鮮感。

臨下船時，《中國之夢》的服務小姐列隊來相送，在這美麗的隊伍中，那姿態輕盈，柔美，清麗可人的川姑娘正在向你拋媚眼哩。朋友，快快下船吧，重慶雖然也是我們的省份，但畢竟是異鄉。異鄉多美女，家鄉也不缺，如果時光能倒計三十年，我將在這濃霧茫茫的山城，以雄壯而略帶傷感的音韻，爲你們高歌一曲：

13 江水悠悠江水長

我住長江頭
君住長江尾
日日思君不見君
共飲長江水
此水幾時休
此恨何時已
只願君心似我心
定不負相思意

原載一九九六年九月八日《青年日報副刊》

木棉花開時

詩人：
酒不是靈感的泉源
而是友誼的溫泉，
乾了這杯再一杯；
乾了這杯再一杯吧！

那天，你帶著《帶你回花崗岩島》來新市里，怎麼地門口那幾株天天見面的木棉樹突然感到很陌生，它們什麼時候長得樹幹粗大枝葉茂盛，那凹凸不平的主幹還長著一片片的青苔哩；地面紅磚的空隙處也冒出了幾株小草，倒也把它襯托得很柔很美。然而，詩人：當你投身在我的眼簾時，銘刻在你臉上的是血與淚凝結的成果，在詩之國度裡，你歷經多少心靈上的風霜雨雪始終無怨無悔，你忍受著同齡不該有的寂寞與苦楚，爲詩與藝術奉獻出你寶貴的青春，又有誰能真正領悟到——

我也想起那島
在遠遠的天際，憂傷化爲鄉音
無人再走過，跫音沉寂
我依然
與一片冷冷風孤獨對晤
恆以流浪變換日子速度

在詩的園地裡，你得獎無數，出書數本的今天，仍然沒有把家鄉這塊唯一的副刊園地給遺忘，那充滿感性的詩篇，那中肯的讀詩札記，讓文友們分享你成功後的喜悅。雖然，每位欣賞者對詩都有不同的解讀方式，但詩與文學卻從不歧視它生存的地方，因而，故鄉金門也是你選擇的一部份。

我們走出新市里，告別了那青翠的木棉樹，走向木麻黃的林蔭大道。七月火爐般的太陽，悶熱的氣溫，我們的汗水也開始滴落，滴在那乾枯的田埂上，滴在那龜裂的池塘裡，而那片農田，枯黃的葉脈怎能結出豐盈的禾穗。

我是一顆種子
在覆蓋著苦難的土地
犁鏟下翻過身子，使勁爆開
從上古穿過漫長五千年
從黑暗中還原成
最淳香最堅實的容顏

詩人：這首詩的一小段是你在異鄉所寫，而當你目睹故鄉久旱不雨，眼看那一片枯黃的田野，已失去原有的青翠，像那垂死的天鵝令人惋惜。雖然你創作的背景是異鄉，他們有充分的水源可供灌溉，而家鄉仍然停留在舊有的年代，讓那些終年辛勤耕耘的父老，不知流的是汗水還是淚水，我們情不自禁地要問，人真能勝天嗎？

在烈日艷陽的陪伴下，我們滿懷歡欣地來到一個古老的小農村，在鄉村整建的方案中，當然，它也不例外，昔日的羊腸小徑已鋪上厚厚的水泥，牛舍豬舍在村子裡已見不到，那幽雅而整潔的四週，提昇了居民原有的生活品質，但人口的外流卻也讓它顯得冷清。在臨海的小路上，兩旁的野草野菜已逐漸地向中間延伸。沒人居住的古屋，破碎的瓦片倒塌的石塊堆疊在那株獨自生存的苦楝樹下。往日的四合院，只留下祖先的牌位獨守破屋，同時兼負著保佑旅外子孫的重責，祂們期盼有一天旅外的子孫能回來重修，以免再受到無情風雨的摧殘。

我們在巷口的陰涼處停下，享受著這頭與那頭對流的微風；微風卻也把我蒼蒼的白髮吹得一團糟，我並沒有刻意去理它，自然總比虛偽好。

我們繼續往東走，享受著市區所沒有的寧靜，品嚐沒有被污染的新鮮空氣。在復國墩的一家海產店停下，我們選擇鐵皮屋的二樓用餐，那寬大的窗戶，足可飽瞰東海岸的風光，那湛藍的海水，白色的沙灘，險峻的巖石，北碇島就在我們不遠處。你用廣角鏡頭，把東海岸的美景一一記錄在底片裡。

我悄悄地取出那瓶存放很久的「約翰走路」，當斟滿小小的一口杯時，我們的視線正重疊在一起，詩人：酒不是靈感的泉源而是友誼的溫泉，乾了這杯再一杯；乾了這杯再一杯吧！然而，我們卻無心品嚐這瓶美酒，窗外迷人的景色，以及那聲聲作響的濤聲，讓我們久久地沉默。仰望那茫茫的大海，依稀看到那些爲躲避颱風而疾駛回港的漁船。我們轉回頭，看那酒盒上身穿紅衣戴黃帽，足登馬鞋右跨一步的「約翰」，他揮著枴杖，笑咪咪地站在那兒並沒有「走路」，而時光卻已走遠，雖然「約翰」不「走路」，但我們是該走了，走在這寬廣的人生大道。

祝福你了，詩人：當新市里的木棉開花時，我將把它寫成一首詩，寄給遠方的你。

原載一九九六年八月三十日《浯江副刊》

武德新莊的月光

你呈現給讀者的，
不只是一根扁擔，
一把鋤頭，
而是力與美的展現；
是血淚相連的組合。

走過山外溪畔，我佇立在橋頭的不遠處，俯視兩旁低垂的楊柳，在惡臭的溪水滋養下；在不知名化學藥品的浸染下，卻也讓它產生無名的抗體，默默地成長茁壯，無言無語地低著頭，彎下腰，展現出迷人的手采，等著人類來觀賞，來禮讚。

溪水的源頭是太武山谷，山澗的清泉流水，是誰改變了它清澈的命運？是誰讓它的溪水混濁惡臭？讓布袋蓮圍繞著整個溪面，像覆蓋一層綠色的布幕。

朋友，三十年前（溪流的懷念），你懷念的可曾是環繞新市南面的山外溪，那時溪水清澈，水流潺潺，幾朵荷花含苞待放，幾隻野雁游上游下，逍遙自在。溪旁的青草地，歇腳的小鐵椅，多刺的紅玫瑰白玫瑰，把新市里美化成一座清新脫俗的小城市。而今天，這些景觀已遭破壞，商業層次是提升了，平地也起了高樓，青青的草地相對地減少了，可憐的市民們，該走向何處？在木棉道上漫步，或者到太湖畔打太極拳！

跨過馬路，走在圍籬下的紅磚小道，晚風徐徐，星光閃爍，月兒卻在遙遠處，這寧靜祥和的武德新莊啊！我終於走在你那不太寬廣的巷道上，敲開五十九號的金黃大門，那高大魁梧的主人，遮掩住我瘦弱的身影。

朋友，請坐。請坐，朋友。

坐。請坐。請上坐。
茶。泡茶。泡好茶。

那不必要的陳腔老調，在卅年歲月的考驗下，已離我們遠遠，我們擁有的是一份亙古不變的友誼。

費了不少時間與心血，你終於把《金門古式農具探尋》呈現在讀者面前。書的封面是一坵坵長著禾穗的高粱田，田的背後隱約看見的是一個小農村，你把美麗的景色，以及那頭戴「箬笠」，張著雙臂的稻草人也一併記錄在書本裡。然而，那斯斯文文的稻草人，君不見鳥兒正在啄食它的雙眼，與這欺善怕惡的社會又有什麼兩樣。鳥兒雖小，五臟俱全，膽量更大，牠們成群結隊，吱吱喳喳，蹦蹦跳跳，從稻草人的雙臂跳上頭頂，左觀右顧，怕的只是一個險惡的雙面人。

從整本書的架構上，你探尋的不只是古農具，你把故鄉的農耕文化，農民生活概況，都做了極詳細的報導和說明，光是一把「鋤頭」，一根「扁擔」，你都費盡心思以最美的效果，最能展現出古代風格的攝影技巧把它拍攝下來。你呈現給讀者的，不只是一根「扁擔」，一把「鋤頭」，而是力與美的展現；是血淚相連的組合，相信讀者雪亮的慧眼，是最好的詮釋。

你經常地提起十二歲的那年，沒有馬兒高的個子，卻馱運著百斤重的食鹽，由西園經吳坑、經英坑，往大地的泥土路行走，而那稚齡的小馬，負荷不了沉重的貨物，四腿軟化在西山前的小坡上，鹽與「馱架」一起翻落在山溝裡，這雖然只是一點小小的記憶，但如果沒有親自去操作去體會，什麼是「馱架」，什麼是「馱籠」，什麼是「粗杓」，什麼是「牛目蛤」，會把新一代的年輕人，問得啞口無語。

朋友，我們都清楚，社會愈進步，工商業愈發達，國民生活水準愈高，相對地，農業的衰退愈快。我們守著祖先辛勤開墾的農田，不肖子孫卻和投機商人相互勾結，把那五十年代賴以維生的農田，築起了高樓，得到的銀子卻吃喝嫖賭樣樣來，儼然成了「社會人士」。然而，他們忘了，社會善變遷，歷史也會重寫，老天如果有眼，就讓時光倒轉五十年，讓他們重新去墾荒，讓他們穿西裝打領帶去挑水肥吧！

廿年沒有進過你那佈置幽雅的小庭院，朋友，快快把那些裝蒜的蘭花搬走，你就把「棕簑」跟「箬笠」掛在牆上。把「犁」、「牛軛車」、「馬軛車」、「鋤頭」、「釘耙」、「三齒」、「耙耒」、「十二齒」、「糞箕」、「巡箕仔」、「狗耙仔」陳列在庭院的左邊；把「粗桶」、「粗杓」、「馱架」、「馱籠」、「馱桶」、「馬籠頭」、「牛灌筒」、「牛目蛤」擺在庭院的右邊。而中間，中間，中間就放個「缸」吧！

想當初，你那感性的散文何止是〔溪流的懷念〕，在你心甘情願，無怨無悔投身在「鋤頭」與「糞箕」的同時，「粗桶」、「粗杓」、「牛目蛤」都是上等的文藝創作題材，吾鄉這塊副刊園地就期盼著諸位逃兵能歸隊，你拿「鋤頭」我荷「犁」；你拿「狗耙仔」我拿「糞箕」，繼續耕耘吧！我們期盼一個豐盈的季節。

朋友，夜已深了，月兒正停留在武德新莊的上空，照耀著這寧靜祥和的小社區。微風輕輕地吹起了我的衣裳，帶來了一絲清涼意。喔，是秋天了！

原載一九九六年九月七日《浯江副刊》

棕櫚青青致魯迅

當兩岸正式架起直航的橋樑，
我將訂製一套唐裝、
一雙布鞋，
肅立在你的畫像前，
向你致最敬禮！
只是深恐，
未能如願先作古……。

在往高崎機場的途中，我們冒著三十三度的高溫，在廈門大學的校園裡，想親睹你身穿唐裝、瞇著小眼的畫上風采。兩旁的棕櫚樹，搖曳著墨綠與青翠，像護衛你的戰士。白色的馬賽克，貼滿你橢圓的拱門，《魯迅紀念館》五個蒼勁的金色大字由郭沫若親題，以他當年的「文化部長」身份，的確是對你禮遇有加，儘管岸的這邊稱他為「文丑」，然而，現在我們必須把「政治」與「文學」分開，因為文學是不必要去承受那些「政治」包袱的，先生，你地下有知也會同意我的觀點。

可是我們何其不幸，廈大正值暑假，朱紅的大門無情地把我們阻隔著，你在門的裡頭；我們在門的外頭，無緣瞻仰你粗黑的小平頭，以及唇上八撇中間多一叢的翳鬚，怎不教人遺憾終生。尤其想到我們即將離開廈門，回到一水之隔而必須繞行萬里的金門。先生，如果你知道這一水之隔竟是那麼遙遠，想不生氣也難。那些「社會人士」口口聲聲高喊著兩門要對開。然而，開、開、開，曇花開時總一現，玫瑰開時只不過一天，那有花開不凋謝，此「門」焉能比「他」門，只有你兩旁的棕櫚樹，常年翠綠萬年青。因而，我們要〔吶喊〕，不是〔彷徨〕；我們要寫〔狂人日記〕，不是〔阿Q正傳〕。我們不願「阿Q」被槍斃，更不願他被殺頭。

那天在武漢的書攤上，我正翻閱著你那厚厚的小說集，想把兩岸的版本作一個比較，那位甜甜的女孩看了我一眼說：

——老先生，這是一本好書。

我微微地一笑，向她點點頭說：

——先生不老，只是華髮早生。

是的，這是一本好書。好在什麼地方？什麼地方好？我們都說不出一些令人心服的理由，也讓你道破了我們內心的感受。

——中國文人的假身段，好讀書；不求甚解！

從你的作品中，我們深深地體會到：你質疑舊材料；卻從裡面挖掘出現代的感觸來豐富你曲折的文人歷史感，更以道德家之姿，揭露中國世道人心的真相。你的執友瞿秋白說你是「中國文人階級的叛徒！」，先生，你可同意他的說法？

而令人不解的是你少時習醫，卻死於肺病。

五十六歲在平凡的人生裡或許是「老」年，而在你不平凡的生之涯，應該要解讀成「英」年；三十七公斤的體重，只是皮包骨，未完的〈因太炎先生而想起的二三事〉又有誰能替你續完？三十八歲你完成中國新文學中的第一篇白話小說〈狂人日記〉，繼而完成〈孔乙己〉，你為「阿Q」立傳的那年已四十一歲，也是你文學生命的最高峰，文評家卻只用「文筆老練，思想深切」來形容你，來推崇你。

先生，此生雖然不能替你立傳，但在我「腦未昏」，「眼未花」，「手未抖」的有限歲月裡，必須儘快把你記錄在我生命的扉頁裡。

再見先生！先生再見！

廈門航空公司的班機已在高崎國際機場等候多時，當兩岸正式架起直航的橋樑，我將訂製一套唐裝、一雙布鞋，肅立在你的畫像前，向你致最敬禮！只是深恐，未能如願先作古……。

附註：

一、《吶喊》一九二二年由北京新潮社初版，計收入〈狂人日記〉、〈孔乙己〉、〈阿Q正傳〉等作品十五篇，於再版時刪除〈不周山〉剩下十四篇。

二、《徬徨》一九二六年由北京北新書局初版，計收入〈祝福〉、〈在酒樓上〉、〈高老夫子〉等作品十一篇。

三、右列資料參閱秦賢次先生編〈魯迅年表〉。

原載一九九六年九月十九日《浯江副刊》

蚵村掠影向黃昏

在宇宙中，
你只是一個弱勢的生命，
「弱」肉「強」食已是
千古不變的定律。
若你得「道」成「精」，
人類還是會把你放進油鍋裡，
炸出你的精華，
作為下酒的佳餚。

從《榮湖》的堤畔走過，在金沙三橋的不遠處，我們右轉；在一條老舊的水泥路上行走，兩旁墨綠的秋季高粱，幾株早熟的主莖已吐露出結實的禾穗。前些時的颱風，並沒有把它們摧殘，反而帶來充沛的雨水，滋潤它將枯萎的禾苗，看那一片翠綠，豐收的季節也將來臨，辛勤耕耘的父老們，你們的汗水不會白流！

田埂上，白茫茫的蘆葦也隨著季節的變換，順著風向；彎下了腰，展露出兒時的記憶和舊夢。然而，我們沿著環島北路漫行，來到這臨海的蚵村，卻是爲了尋找築巢在這裡的「白頭翁」。

走進村子裡，一股鹹腥味來自屋簷下那籃未經剖開的海蚵。村婦以那粗糙而熟練的手，用蚵刀剖開蚵殼，取出肚白耳黑的鮮蚵，掐放在桌上的空罐裡，蚵桌歷經無數蚵殼的剖割下，佈滿著歲月遺留的痕跡。一小塊一小塊白色的小薄片是蚵殼的殘留物，隨著蚵殼內滴落的液體，含鈣的養份造就了「白頭翁」天生的硬骨頭。任憑最精密的捕鳥器，它都能靈敏機智地跳離人類設計的陷阱。在苦楝樹上、在相思樹上，在那棵總有百年的古榕上，築起了愛的小巢，唱起悅耳的歌聲，爲大自然平添一份難以言喻的美感。

我們在一幢古屋門前停下，「一落四櫸頭」的福杉大門已深鎖。門外留下一張破舊的蚵桌，以及一些蚵殼，在歷經風吹雨打後，蚵殼已變得純白，它也是燒灰的上等原料。曾幾何時，「白灰」已被「水泥」所取代，不再受到人類的青睞，在大地裡，成了一個微不足道的小角色，也讓我們深深地體會到：當人類需要你時，你是一塊寶；不需要時，像要割除世紀大禍害似的，怎不教人寒心。

鐵絲網圍住的是海的那一邊，海水已退潮，一條畢直的海路在水面浮起，一塊塊蚵石，維持著養蚵人家的生計，他們默默地承受海水的浸蝕，含鹽的水份把他們的皮膚染成古銅色，任憑男男女女老老少少。棉製的工作手套已起不了作用，還是用粗糙的雙手比較靈活。一鏟鏟，鏟下的是無數個蚵的生命。雖然，我們是生命的共同體，但有你卻無我；有我怎能容下你？在宇宙中，你只是一個弱勢的生命，「弱」肉「強」食已是千古不變的定律。若你得「道」成「精」，人類還是會把你放進油鍋裡，炸出你的精華，作爲下酒的佳餚。

在蚵石周圍的泥地裡，那噴出小小細細水柱是血蛤的蟄居處，當我們把手伸入污泥中所拾取的血蛤，卻是蛤殼堅厚，肉質瘦小；我們的海洋已受到嚴重的污染，竟連血蛤也懂得以堅硬的外殼來保護自己，讓人類拾取的不再是肉鮮味美的海產；而是寄生在五味雜陳的污泥中，含有多種氣體的蛤類。它們多麼希望諸位老饕不要再拾食它們，讓它們無怨無悔，與泥爲伍；與海爲生。雖然暫時受到海洋污染的傷害，總比讓人類拾食好，畢竟還保有一絲苟延殘喘的生命，能活著，也是可貴的。

太陽已從巨巖重疊的太武山頭滑過，停留在碧波蕩漾的海灣中。金廈海域裡，漁舟帆影；出沒其間。幾聲浪拍蚵石的巨響，告訴我們是漲潮的時候。海水逐漸地掩蓋了蚵石，湧來一些髒亂的雜物和漂浮在水面的油漬。如果人類再不妥善護衛著海洋生態，小小蚵村不久將失去原有的光彩，或許將徒留蚵殼向黃昏，怎不讓那些賴此維生的養蚵人家寢食難安憂心如焚？但願這夕陽映照的是湛藍的海水，不是養蚵人家。

原載一九九六年十月六日《浯江副刊》

千楓園裡楓葉飄

雖然美學家說
殘缺也是一種美，
然而，
追求完美卻是人類
與生俱來的本能。
儘管它殘缺不全，
我們就試著來接受它吧！

在碧山環繞了一圈，我們沒有在這純樸幽雅的小農村停留。《睿友學校》的紅瓦屋頂以及獨特的仿古校門，依稀在腦裡盤旋；巨大的石柱頂著從內地運來的福杉樓板，壁上的石灰雖然有點剝落·先人的捐資興學也成了歷史。然而，從〔睿友〕走出的學子，不管從事任何行業，都沒有辜負先人的期望和教誨，雖然不是人人才華出眾，但就像這古樸的小農村，善良、敦厚、知書、達理，在這現實而令人不安的社會，我們還能企求什麼？還能期望什麼？

從它的北面，我們踏著潔白的沙路，經過一片密密麻麻的相思林，穿過佈滿三角刺而延伸到路旁的綠籐，我們管叫它「刺仔花」。每年的春天，它會開出一小朵一小朵白色而清香的花蕊。

刺仔花開白白
阿娘罵我不顧家
阿媽罵我不紡紗

這三小段兒歌，也必須用本地方言才唸得通，或許，它是提醒賞花的孩子們，別只管看花，不要忘了要看家、要紡紗。

我們順著那條被雨水沖得滿是小坑小洞的山路走下，〔千楓園〕三個紅色的大字刻在那塊扁扁的巨石上，人們爲它設計了一個能承受它的基座，鋪上了地磚，砌了幾口花盆，砍掉野花野草和木麻黃，從東西到南北，從山的這頭到那頭，從路的這邊到那邊，遍地植滿了楓樹，山頂的深凹處，卻架起了一座小小的拱橋，缺水多時的小池塘，青苔已乾枯地翻起了底部的泥沙，石縫裡的野草已失去了原有的生機，只留下尾部那些鼓鼓的種子，一經明年春風的輕拂；一輕春雨的滋潤，又是一株青翠而惹人憐愛的小小水草。

走過拱橋，在另一個小小山頭上，一座前清古墳完整如初，如果沒有海岸上那些高大的防風林阻擋住，它將可以日日夜夜凝視后扁沙白水清的海域，以及對岸的漁舟帆影。先人講究的是風水，現代人也迷信了它，如果按先後順序排列的公墓，不知是否還有好「風」好「水」讓後人來改運？這是值得我們深思的問題。

千楓園由碧山往山后的下坡處爲起點，繞完了整個園區，卻品不出北國那種「楓葉紅，秋來臨，楓葉飄來滿地情」的況味。美麗的葉片已被蟲兒啃食得殘缺不全，蟲絲纏繞在葉與枝的間隔處，不完美的楓葉，又有誰願意來拾取，雖然美學家說殘缺也是一種美，然而，追求完美卻是人類與生俱來的本能。中秋過後將是深秋，楓紅菊黃在人間相互爭輝著。昨夜那颯颯的風兒，吹落了滿園的楓葉，把這小小的山頭染成紅紅的一片，儘管它殘缺不完美，這或許是天意，我們就試著來接受它吧！

原載一九九六年十月十二日《浯江副刊》

秋陽照慈湖

歲月已輾過我們金色的年華，
漲潮的時序已過，
我們祈求生命中的潮水
　永遠永遠不退，
能嗎？
或許，只能祈望
　不要遇到大風大浪，
讓它緩緩地、
自然地退向生命中永恆的沙丘。

我們把車停在慈堤西邊高大木麻黃的樹蔭下，針狀的枯葉隨即飄落在那不太明亮的擋風玻璃上，我們無語地提著相機，走在這秋陽映照的慈堤上，只爲了想飽覽慈湖漲潮時的自然美景，看那一波波柔美的浪花，輕吻著慈堤佈滿青苔的基座。

廿四年未曾重遊過的慈湖，它的自然景觀與視野，已被那毫無詩意的木麻黃圍繞住，幾十年來這批常年翠綠高大挺拔的樹木，護衛著這小小島嶼免於被風沙埋沒。然而，它們是否也該功成身退？或者讓它戍守在臨海的第一線，島內這些景點就不能以其他灌木來取代？在冷氣辦公室裡的林業專家已遺忘了「林相改良」的專業名詞。我們打從鄭成功祠走過，英雄無淚亦搖頭，漁舟帆影在何處？

在慈堤的另一個角落，我們從木麻黃的空隙處仰望對岸朦朧的山巒，你用長鏡頭相機代替望遠鏡，那麼認真詳細地想記錄一些什麼，是山？是水？還是那波濤洶湧的大海？你的心扉、你的思維裡再也沒有那些優美的散文，梭羅與你無關，濟慈與雪萊離你更遙遠，你心中已沒有孤獨和寂寞，你擁有一片燦爛的小天地，一張古式的「眠床」伴你到天明，往後將是「古井」與「吊鳥」的探尋者。你深刻地體會到，文藝創作的生命是短暫的，再好的散文、小說和詩歌並不能與那些古文物相提並論，因而，你企圖爲浯鄉留下一個完整的探尋記錄。

易君左親題的碑石已見不到東南西北的光芒，高大的木麻黃，覆蓋在慈亭的頂端，人工刻意染上的色彩，已難以與這自然的美景相搭配，我們想的難道是那「湖山隱隱籠輕碧」，還是「湖波淡淡斜陽色」。

在慈堤的東邊，我們目睹那水勢湍急的小小閘門，它順著海水的漲潮，穿過地下的溝渠，以雄壯的姿態快速地——像那無情底光陰，急速地流向北堤的養殖人家，只是溝渠旁的護牆，已失去了原有的牢固，就像那逐漸褪色的人生歲月，還能在它急湍的流水下撐過幾年？我們想的已不是風華絕代；而是殘竹敗柳。我們的心中已沒有熱血在澎湃，而是一杓死水。人生幾何？又要用什麼公式來計算，一年只不過是一個泥腳印，但我們又能踏出幾個生命中的泥腳印？是燦爛的、是輝煌的，或是不幸的！我們不需作任何的詮釋，從那裡來，就往那裡走，生命只不過是二個文字的重疊，雖然它曾經爲我們帶來歡樂，但卻沒有帶走我們的痛苦，難道它是我們人生歲月的平衡點，就好比我們所站的慈堤，一邊是湖，一邊是海；「湖」與「海」總是生命的共同體，失去任何一方，總讓我們覺得人生的殘缺。

我們重新走回慈堤的西邊，潮水已漲到木麻黃下的鐵絲網，漂浮在水面的是那些令人厭惡的「保力龍」。公德心已從人們的體內剖離；虛僞、不實、好大、喜功，像披了一件綢緞綾羅的外衣，蒙蔽住人們的良知，留下一個蒼白的面孔，一個經不起風吹雨打的身體，這叫新新人類，「只要我喜歡，沒有什麼不可以。」是的，歷史不會再重演，那些砲火瀰漫躲在陰暗潮濕的防空洞裡，他們沒有歷經過，卻自願與那金色年華擦身而過，墮落在醉生夢死的可怕歲月裡。

潮水把堤邊那塊小小的沙丘也淹沒了，濺起了一片白茫茫的水花，我們來不及捕捉它的艷麗，讓它那麼沒有顧忌地來去自如，這叫自然。美學家也說過自然就是美。然而，審美也得看環境，看心情，我們真正懂得自然嗎？我們不懂；也不瞭解，因爲這世界處處充滿著虛僞，虛僞它遮掩住自然，既然我們看不見，怎麼能說懂。

秋陽此刻正在慈堤的上空偏西一點點，汗水從你鬢邊白色的髮際滴落，是秋陽映照下的悶熱，還是缺少一絲清涼的秋意，我們無語地把目光投向閃爍著金光的慈湖秋水，水波柔柔，湖水清澈，獨不見那翠綠青蒼的水草，難道我們的雙眼已花，歲月已輾過我們金色的年華，漲潮的時序已過，我們祈求生命中的潮水永遠永遠不退，能嗎？或許，只能祈望不要遇到大風大浪，讓它緩緩地、自然地退向生命中永恆的沙丘。

原載一九九六年十月十七日《浯江副刊》

在小徑南端的斜坡上

在這個現實而勢利的社會裡，
不必羨慕別人的豐碩成果，
也不必計較無知者的批評漫罵，
就讓我們傻傻地
走自己想走的路，
跌倒了；
再爬起來，
不要期望別人的扶持。

瞻仰你「民族正氣」四個熠熠生輝的大字，是在中秋過後的一個上午。朋友把車停在護牆旁的路邊，長長的石階有我們高矮的身影緩緩而上。紫羅蘭的籐蘿已把你的衣冠塚團團圍住，綠葉與籐蘿相互纏繞，伸出一節教人不忍心折下的細嫩紅花，割下的野草和枯枝，燒成了一堆灰燼就在你的右前方，他們何止燒了野草枯枝，也沒放過那一地翠綠的草坪，淡薄的人情；世俗的雙眼，沒有人會覺得惋惜的，畫家與詩人總是與你擦身而過，就任那些庸俗的觀光客來踐踏。她們能看出什麼？知道什麼？受過專業訓練的導遊，說得口乾舌燥，她們卻揮著五味雜陳的小手帕，要揮掉淌在耳邊的汗珠，她們不忍心擦拭抹在臉上的脂粉，更深怕擦掉那虛偽的容顏。

朋友用傻瓜相機為我拍下一個傻傻的身影，在你莊嚴肅穆的墓園裡，我們不懂得雙手合十喃喃自語地膜拜你，你的碑石與其他人並沒兩樣，只是文字有些差別，世人尊稱你為「王」，其他人卻稱「公」。然而，黃土覆蓋的意義卻相同，你能看見什麼；又能聽見什麼？他能看見什麼；又能聽見什麼？只是你有高大的門樓牌坊，獨立自主地長眠在這依山面海的絕佳風水地裡，每逢你的生辰忌日，後人總不忘為你上香奏樂，那悠揚的樂聲就好像這空谷上的清音，讓那樹、那花，那遍地的野草與你共享深秋的最後樂章。

在你塋前的涼亭裡，刻意粉刷的油漆已剝落，那些化學品終究是抵不過自然的腐蝕。

地面上的水泥，已浮現出少許的沙石以及一條像皺紋般的裂痕，較爲完好則是撐著亭蓋的水泥柱。古銅色的千斤鼎，遙對著你異於常人的墓碑，不管太陽東昇，或是落日夕照，總能親吻你塋前最完美的裝飾，然而，它代表著什麼？可曾是你的「忠貞不渝」還是「大義凜然」，歷史學家已爲我們做過完美的詮釋。只是你的新塋或舊塚，是奉厝著你的「衣冠」還是「靈骨」，考古學家迄今仍然爭議不休，像那彈久了的琴弦，失去了美妙的音符。

朋友用手輕拍了那渾厚堅實的千斤鼎，想拍出它的茫然；還是莊嚴？怎麼地左看右看都像極了廟堂裡的大香爐，只是裡面沒有善男信女祈求的「香灰」，它真能潔身祛病保平安？只憑藉著人們無知的信仰，灰色的粉末攪拌著水，腹痛如絞要嘔出胃裡的苦水和酸水，再虔誠的膜拜已起不了作用。人，是個不折不扣的弱者，喜歡求神問卜來否定自己，讓神來引導，走向一個虛無飄渺的世界。

朋友重新擺好攝影家的姿勢，要我瘦弱的身軀立在千斤鼎左邊，要拍下一張老終時可懸掛在大廳牆上的照片，然而，我的手該放在什麼地方呢？插腰、雙垂、環繞在背後，或者撫摸著這千斤鼎的炕緣兒。而我的臉呢？是微笑、嘻笑、咧開嘴狂然大笑，還是繃著臉兒不笑。不，我該選擇眾生無法忍受的傻笑，在這個現實而勢利的社會裡，不必羨慕別人的豐碩成果，也不必計較無知者的批評漫罵，就讓我們傻傻地走自己想走的路，跌倒了；

再爬起來，不要期望別人的扶持。

朋友提著傻瓜相機，怎麼總像背負著你塋前的千斤鼎那麼地沉重，他的汗水已由額頭往鬢邊淌滴著，晶瑩的汗珠可是承受著心靈中不可缺少的友誼，抑或是在這秋陽映照下的悶熱，他無語地凝望晴空，他想的可是這古典的莊嚴還是偉壯和榮耀！

秋陽已停在柏樹的頂端，射下一道金色的光芒，然而，這金色的人生歲月我們將走完，晚景的淒然落寞總要來臨，只有你能光榮地長眠在這依山面海，常年翠綠，井然優美的山腰裡。

原載一九九六年十月廿一日《浯江副刊》

永不褪色的彩筆

我們審美的眼光必須再造，
藝術造詣尚待補強，
無法更深一層地品出你
高深的藝術意境，
只能肯定你已爲浯鄉
這塊藝術園地，
立下一個永垂不朽的風範。

謝謝你邀我共賞《平生寄懷》書法水墨展。

紅色的邀請卡，隱藏著蒼勁有力的〔淡兮其若海〕，感性的邀請辭則在中間展露。烏雲密佈下的古厝，褪色的磚瓦，斑駁的白灰黏土，堆疊在巷口的棄石，你以細心的觀察，以藝術家敏捷的思維，不放過一磚一瓦；不放過那老舊而破損的一門一窗，把代表著浯鄉古色古香的傳統建築，溶解著古典的莊嚴和幽美，創造出你自己的藝術風格。

來到你展出的畫廊是在一個假日的晌午，鮮紅的花籃和賀卡，報刊的介紹和賀辭，如果沒有你高尚的藝術情操和素養，擁擠的人潮；簽名簿上的千名百姓從何而來。

走近那長長的桌旁，想在你那代表著尊貴的簽名簿上留下名和姓，然而，當我提起沾著墨汁的毛筆，卻總像千斤那麼地沉重，我的思維更像你尚未著色的棉紙，一片空白。我俯下身，握緊筆，該用「行書」，還是「草書」；該用「楷書」，還是「隸書」，讓我悵然不知所措，我輕輕地放下筆，像放下千斤重擔，怎敢在你書法水墨畫展裡，留下一個「行」、「草」、「楷」、「隸」四不像的名和姓。

在你那構圖新穎的〔武夷〕風光瓷瓶前，我們久久地佇立和觀賞，雖然你沒有把武夷山三十六峰七十二岩全展現出來，然而，在有限的畫面上，我們仍然能看到那撲朔迷離、雲影縹緲、峰巒巍峨、氣勢雄偉、群山競秀的武夷景色。看那頭戴箬笠，撐著竹篙，在竹筏上飽覽勝景的老師父，我們想起了岡巒重疊、曲折蜿蜒、水流湍急、清澈見底的〔九曲溪〕。不錯，畫面是有限的，而我們的體會和感覺，卻是無限度底寬廣！

從古迄今，讀書人講究的是讀萬卷書；行萬里路。藝術家、畫家更講究觀山覽水來開拓畫境，也因爲你畫的不是西洋的「普普藝術」，你展的不是走在時代尖端的「不定形畫展」，我們可以肯定，你展出的每一幅作品，都是你親身的體會，眞實的創造，不是只憑視覺去觀察而描繪出來的。

如果不上武夷山，畫不出〔武夷〕的雄壯。

沒到過威尼斯，畫不出〔紅都拉〕的風情。

沒到過巴黎，你能畫出遊艇交織，古樓教堂林立的〔塞納河畔〕嗎？

你用單一的墨色，交織著灰白，畫出清麗幽美的浯江溪畔的〔清曉〕；用濃濃的黑色把〔九份山城〕的石屋，畫出它古樸的偉壯和氣派；深淺交織的墨色，讓我們也感受到那份〔懷鄉〕的淒然況味；那秋風吹彎了腰的蘆葦，一輪明月就映照在浯鄉純樸的古厝上。

在現代繪畫基本論裡，我們曾經讀過如此的一段話：「繪畫是視覺上的一種藝術，絕非語言可以形容或描寫其萬一，它和音樂相似，是給我們傾聽，而非向我們解釋。」相信這也是對觀賞者最好的詮釋。

雖然我們詳細地觀賞了你的每一幅作品；然而，我們審美的眼光必須再造，藝術造詣尚待補強，無法更深一層地品出你高深的藝術意境，只能肯定你已爲浯鄉這塊藝術園地，立下一個永垂不朽的風範。

我們依依且也不捨，步履蹣跚地往來時路迴轉，踏上這象徵光明的藍絨地毯，兩旁的花籃綻放著各式各樣的花朵。誠然，你的每一幅作品都含蘊著汗水和淚水，然而，你面對的卻是數百朵數千朵盛開的友誼之花。友誼的馨香讓你品嘗到，虔誠的祝福讓你感受到：廿餘年的辛勤耕耘，你的汗水沒有白流，成功的書法水墨展不是你藝術生命的終結，而是你邁向藝術最高境界的開始；藝術之路何其寬廣，它像一望無際的浩瀚大海，而你是一盞明燈，照耀著茫茫大海，也照耀著浯鄉這塊貧瘠的文化泥土，讓藝術的種籽在浯鄉的土地上萌芽、茁壯、開花、結果。也用你永不褪色的彩筆，畫出浯鄉的眞、善、美！

原載一九九六年十月廿四日　《浯江副刊》

蘭湖秋水

秋天即將走完輪迴的時序，
秋雨卻下在陌生的草地上。
北岸的楓葉已飄落在鄰近的田埂，
凝望這盈滿的蘭湖秋水，
光陰已沉沒在水底。
深秋看落葉；
亭下白頭人，
一份淒然的況味緊鎖在心頭。

辭別邱良功塋前的「文相」和「武將」，我們走在不太寬闊的小徑街道。原本熱絡的小市區，隨著駐軍的精簡，已讓歲月輾過它的繁華，像深秋的夜晚，留下一個冷颼的街景。然而，我們不是來採購販賣；也非來訪親探友，只想親睹心儀已久的蘭湖秋色，以及湖裡的波光水影。

秋陽映照著我們的身影，筆直的柏油路左邊的溝渠繁衍著生氣勃勃的布袋蓮，綠葉中間的紫色花蕊雖然讓人覺得低俗，倒也像綻放在小女孩頰上的笑靨，那麼地自然，那麼地美。

九重葛的綠籐，爬滿了白色的棚架，它何曾想到人們會以它粗俗的線條，庸俗的身軀來襯托，來裝飾這個白色的門面。長圓的綠葉，時而換上紫色的衣裳，不必人們刻意地澆水和施肥，它有耐寒、耐凍、耐熱、耐冷的本能，它的根深紮在平凡貧瘠的泥土裡，長出的卻是翠綠茂盛的枝葉。常年的翠綠，讓我們神情怡然，又有誰能領會它的存在，又有誰情願多瞄它一眼，只想在它的葉蔭下，躲避艷陽射下的金光。

在雜草叢生的湖畔，那白色的水花正親吻著長滿青苔的護堤。湖邊密集的相思林，挺拔的木麻黃，不知名的野花野草，把蘭湖妝扮成深秋裡的新娘。

趙恆惕題字的那塊岩石，紅色的字體頂端已出現了灰白相間的斑紋，它也告訴我們，燦爛的年華已逐漸地褪色，寒風、酸雨、烈日，使它「風化」而不是「老化」。風化過的石片即將剝落，光澤已盡；黃昏總有來到的一刻，儘管它周圍的草木扶疏，野花遍地，然而，它們只是衆生中的個體，誰管得了誰！

〔蘭亭〕，多麼美的二個字重疊著。秋末的北風，吹皺了碧波如鏡的湖水，水花像細雨般地輕撫著我們的面龐，髮絲像湖邊雜亂的水草，我們的心更像似漂浮在水面般地清爽自然。坐在蘭亭圓圓的石椅上，蘭湖深秋的暮色將臨，兩對小情侶相繼地走來，青春的氣息隨即洋溢在這小小的亭子裡，然而，她們卻無視於眼前老者的存在，高聲地喧譁嘻笑，「尊老」，這二個字或許早已還給了夫子。這幽美的蘭湖景緻，她們已無心欣賞，講了一堆自認很「遜」的囈語，喝完的飲料空罐比賽誰擲得遠，男的、女的，同是一個模型的翻版。

甚麼叫「公德心」？

公德心就是公德心嘛。

嬌滴滴的聲音，柔美的音韻，空有一個「西施」的面龐，勢利的雙眼；虛僞的心，高傲兩字就寫在她的上唇與下唇，怎能與蘭湖秋色相媲美。

我站起了身，雙手扶著粗壯的欄杆，淺綠的水波蕩漾在柔情的水面上，幾株水草隨波逐流，把這夕陽下的蘭湖美化成一個怡人的仙境。

微風吹亂了我蒼蒼的白髮，且也帶來一絲寒意。秋天即將走完輪迴的時序，秋雨卻下在陌生的草地上。北岸的楓葉已飄落在鄰近的田埂，凝望這盈滿的蘭湖秋水，光陰己沉沒在水底。深秋看落葉；亭下白頭人，一份淒然的況味緊鎖在心頭。

原載一九九六年十一月一日《浯江副刊》

海燕飛過勇士堡

祝福二字不是寫在紙上
而是深藏在心上，
光陰無情似海，
我們焉能再說年少，
無情秋葉有情天，
友誼的馨香更恆久，
且容我寄上虔誠的祝福和祈禱！

能記得你以「海燕」爲筆名的朋友已無幾。

無情的歲月像深秋的暮色，燦爛的時光已褪去朱紅的彩衣。一句「上樑不正下樑必歪」的諫言，讓你漫行在坎坷的路途上。然而，你無怨無悔地放下身段，多少莘莘學子從你諄諄教誨下走向光明的人生大道；走向幸福的旅程。他們何曾能遺忘那身著「中山裝」；黑黑的臉龐散發著青春氣息。上完「算術」，你沒有忘記要講點浯鄉的「大白菜」。上完「地理」，再來點浯鄉「蕃薯史」。你靈活地揮著教鞭，拍打黑板和講台，以慈愛的眼神，望著那天眞無邪的學子，唇角的白色口沫在課堂上橫飛著，一聲聲地、一遍遍地重複的敘述，從「國語」到「地理」，從「歷史」到「算術」，從「音樂」到「體育」，從沒難倒你。數十年的辛勤教學，多少學子已是社會的菁英，國家的棟樑。而你那逐日稀疏的髮絲，鬢邊深植的華髮，無力的眼神，瘦弱的身軀，有誰能想到六十年代的《大夜班》與《二兄弟之死》是出自你的手筆。在春之晨，在秋之夜，你聆聽馬山悅耳的聲響，在那層層的鐵絲網，在那佈滿地雷的邊緣，在那濕氣與霉氣交織的坑道裡，傾聽女兵向你述訴一個動人的愛情故事。「海燕」也飛遍了國內的報刊雜誌，文學的、鄉土的、藝術的、醫藥的，你知無不寫，當然，言總有盡時。翻開浯鄉文藝頁次，你是這行列裡的排頭，浯鄉的文友只有肯定，沒有否定！

回首五十七年的冬令文藝營，只有我倆是「校外人士」，其他學員青一色是「校內菁英」，在那些作家講師因氣候影響而不能按時來講課時，一陣陣熱烈的掌聲，把你簇擁上講台。那親切的聲音，那份對浯鄉文藝的關懷，迄今仍然在我們耳邊迴旋。然而，我們也都有同感，自古文人相輕依然在這個世紀裡存在著。自個兒不思、不想、不寫，卻深恐別人寫得勤，一旦在報章雜誌看到熟悉的名和姓，彷彿見到仇人般地不是滋味。又有幾位能針對作品坦誠討論相互鼓勵，一副假惺惺的面孔，冷嘲熱諷的語調，怎能隱瞞住我們也算簡單的頭腦，這就是我們文人的身段；不折不扣的假身段，怎不叫人寒心。

日昨，我們打從靠北的小農村走過，秋收的高粱穗晒滿了柏油路，讓車輛輾過它的豐盈，讓秋風吹走它的雜碎。新近完工的海堤，任那「九降」的潮水，也進不了這古樸農村的邊緣。海堤的盡頭，放哨的戰士守著那歷經砲火的碉堡。生在這個時代，大環境也改變了他們的命運，放哨像童時的遊戲，他們肩負的任務也改觀，寫在古厝牆上的口號也塗沒，更沒有那所謂的危機意識，像那依偎在母親身邊的孩子，總是長不大。

我們踏遍這古樸農村的所有角落，你那古厝大門已深鎖，退休後你已遠離故鄉，而你文學生命豈可就此終了，多少人期望你的東山再起，以你的人生閱歷與對文學的熱衷，浯鄉這塊文藝園地正期望你共同來耕耘，浯鄉熱愛文藝的青年朋友更需要你來鼓勵。而怎能讓那惱人的秋風，吹亂了你的髮絲，染白了你的鬢邊。異鄉總歸也是秋天，飄落在「頭份」的楓葉怎能會有浯鄉紅。我們從楓樹的空隙處，看到深秋裡的角嶼和草嶼，浪拍巨巖濺起的水花像片白雲，而那白雲的深處隱藏著什麼？可曾是春天的訊息，還是燕兒悅耳的呢喃？我們也無從找回兒時的記憶，初冬的冷寂將臨，一絲淡淡的冬陽，總讓我們想起溫煦的秋日，而燕兒早已飛過勇士堡，在異鄉築起美麗的窩巢，祝福二字不是寫在紙上而是深藏在心上，美酒愈陳愈香下一句是什麼我們都明白。光陰無情似海，下一代卻已成長，我們焉能再說年少，只是不甘心這惱人的秋風吹亂了我們的髮絲，無情秋葉有情天，友誼的馨香更恆久，且容我寄上虔誠的祝福和祈禱！

原載一九九六年十一月九日《浯江副刊》

榮湖初冬

兩旁蒼勁的木麻黃有
颼颼的風聲響起，
針狀的枯葉掉落在
我們的頭上，
太陽已西沉，
街燈已亮，
而我們心中的黃昏落日
該沉沒何處，
是浩瀚的大海，
還是這初冬下的
榮湖景緻！

來到汶沙里，是在深秋過後的一個黃昏。

初冬的暮色，像淡淡底水墨，快速地渲染著這片金色的大地。群沙飛揚在這幽幽的柏油路上，木麻黃成了我們心中唯一的綠意，只是針狀的綠葉多了一些土黃的色彩，在這初冬冷颼的小鎮上，我們就站在街頭的不遠處。九00度的近視眼，一層層的圓圈圈在鏡片上，寒風豎起你烏黑而蒼勁的髮絲。你輕輕地揮起手，在我傴僂的身子投影在你眼簾的時候；而你瀟灑依然，夫人爲你親縫的衣裳更增添了一些俊氣。

三十年的相知相識，歲月獨厚了你，讓華髮長在陌生人的頭上；讓皺紋深刻在陌生人的臉龐。而你精神抖擻，英姿煥發，四十五位國家未來的主人翁就寄託於你，雖然豆大的汗珠在你的額頭冒起，教學的認眞與熱忱卻永不減退。你並非是那誤人子弟的老夫子，而是浯鄉教育界國小部的第一班。四十五本作業、四十五份考卷、四十五名從東南西北；從士農工商匯聚而來的子弟。四十五張嘴、四十五個不同的性情、四十五個希望全在你手中。而你無怨無悔，點頭是肯定的象徵；微笑是驕傲的顯示。你默默地犧牲和奉獻，把慈愛送給學子，把悶氣沉沒在心底。而沒人知道，你課餘時對文學的熱衷和執著：你的散文不是情感的發洩，你的評論不引用那些死教條，你依循的是一個知識分子的良知，二個小時三千字的評論在你手中寫成，你的快速度高效率讓我佩服五分。而你不捧、不吹、不罵，把祥和建立在你的理論上，把客觀寫在稿紙上，把敦厚銘刻在臉上。雖然不知你爲著什麼緣故而扔了筆，但時光已過後二十年，我們還有幾個十年二十年。當初你扔掉的那支筆，我已拾回重新換上筆尖，雖然你已改用了電腦，別忘了有停電的一刻；中毒的一天。無論科技再進步，文明再躍昇，有了雙手，才是人類的希望！

你是浯鄉文藝園地的過來人，它需要的是什麼，它期盼的是什麼，我們都心知肚明，也只有喚醒當初的有心人共同來耕耘，才能開出燦爛的花朵。雖然，老調彈久了會失聲，但沙啞總比無聲好，就好比我們聽不懂蕭邦第九號D大調鋼琴練習曲，但琴鍵上跳出的音符總是悅耳的，如果我們不仔細去聆聽它那喜悅與悲傷，憂鬱與激情，沉寂的大地總要讓人失望。

謝謝你把《螢》作最完美的詮釋，然而，悲情不是與生俱來的，生在這個現實的社會，「善」的一面我們必須歌頌和禮讚，「惡」的一面我們必須揭穿它虛僞的面目，讓眞善美在我們內心平衡地滋長著。人生歲月即將走完，怎能善惡不分；不知美醜，尤其是生命這個變幻無窮的魔術大師，要我們從什麼地方來，必須走回到什麼地方，不想來不成，想不走也難。

你較偏愛我的小說〔冤家〕，你喜歡它的輕鬆，你喜歡一個充滿喜氣的完美結構，這與你完美的婚姻，幸福的生活，以及對人生充滿著至眞、至善、至美息息相關。而我從苦澀的歲月中走來，歲月並沒有把苦澀帶走，人生也就是這樣交錯而成的，只有快樂沒有痛苦也構不成完美的人生，但如果沉淪在痛苦的深淵裡，卻是逃避人生。雖然不能把它擺在眼前來探討，以自身的經歷和體驗，它在我內心衍生的是什麼，我清楚。

我們緩緩地走向左轉的斜坡，目睹那榮湖美景，雙脚已不聽指揮，該左轉的卻轉向右。低矮的圍牆遮掩不了巷隔巷的古厝。完整的燕尾馬背，在冬陽暮色的夕照下，更顯得它的古樸和偉壯。堤畔的花草並沒有受到季節的摧殘而失色，三脚架支撐的灌木是松、是柏、是楓，已無關這自然怡人的景緻。湖邊斜堆的石塊，已佈滿泥色的苔蘚，湖水柔柔與天共色，雙旁遙對二個古樸的村落，左邊是「汶水」，右邊是「汶浦」。

走過盈滿湖水的拱橋，初冬的寒風已在東美亭上守候，我們凝望湖堤周圍的田野，幾隻晚歸的野雁低空盤旋，白茫茫的蘆葦花已飄落在田埂，初冬的暮色總沒有秋天那麼令人善感。湖水冷寂，視野已茫，東美亭的綠瓦紅柱光澤依稀，只是大師已無緣親睹榮湖初冬的景色。

荷鋤牽牛的老農夫已走過東堤，搖擺的牛尾是幾許光年，搖走的歲月永不復返，寒風吹皺了滿湖冬水，也吹皺了我們亮麗的年華，耀眼的彩衣已褪色，何時竟感染了這份淒然的況味？

我們無語地走過金沙一橋，兩旁蒼勁的木麻黃有颼颼的風聲響起，針狀的枯葉掉落在我們的頭上，太陽已西沉，街燈已亮，而我們心中的黃昏落日該沉沒何處，是浩瀚的大海，還是這初冬下的榮湖景緻！

原載一九九六年十一月十八日《浯江副刊》

大俠醉在溫哥華

溫哥華的月亮雖然皎潔可愛，
但還是偏左了一點點，
當你倆返國時，
不知是春天
還是秋天；
不知是夏天
還是冬天，
是否還能見到那白髮蒼蒼的
忘年之友？

此刻，浯鄉正落著雨。

門口粗壯的木棉樹，翠綠的葉脈已微黃，它不願在深秋裡脫落，卻選擇在初冬的雨下飄零。我們不懂植物是否也有輪迴，只感到新芽未萌時，豈能讓老葉先掉落，怎不教人悵然與惋惜。

在台北藝文界，不認識你「大俠」的可能無幾，學歷無用論是你驢子脾氣的小調調，扔掉你的大盤帽，讓你換取台北一片天。酸、甜、苦、辣，你全品嚐到。酸的總是擺在一邊，甜的與鄉親父老共享，苦的往肚裡呑，辣的是你籍貫欄裡「湖南人」的最愛。一半金門人的血液，你甘願爲它奉獻一生。擺在眼前的成果，讓你喜悅也讓你心酸，你的用心良苦，總會碰到無心人。政治是一種可怕的東西，我們雖然沒玩過，但我們看過，體會過，分析過，雖然不能自稱爲第一流的頭腦，卻也不是世俗裡的「大條」。

十七歲時，你的散文已發表在《中副》，是現實的人生讓你轉移了筆調，還是無情的歲月？我們都不要遺忘，文學才是我們的最愛，文藝才沒有是非。十幾年的淡淡之交，老哥哥的建言你總是要聽幾句，在我即將走完人生歲月的此刻，你就再聽一次；再接受一次，以你十餘年來的人生閱歷，孕育在你內心的作品已成熟，含蘊在你腦裡的故事待你來發揮，《消逝的漁民國特》將會流傳千古，我們背負的是文學良知而不是政治包袱。

異國的情調總較新鮮與浪漫，溫哥華的紅葉可曾激發你創作的靈感，怎不見你楓葉紅似火的篇章，中華航空已將浯鄉的訊息帶給你，君不見這塊文藝園地除了注入新血外，老面孔也逐漸地浮現。老兵不死，也沒有凋零，當他們歸完隊後就選你當隊長，如果不帶頭交出美麗的篇章，只好拉到珠山靶場砰砰！

雖然，溫哥華的冬天寒冷非常。然而，文思的形成並不受氣候影響，也沒有地域之分，你曾說過：

再苦也不放棄自己的筆，
再難也不退縮！

以你對文學的執著和熱衷，半年一篇散文只能應付自己，卻應付不了以誠相待的朋友，任你重做英文國度裡的小學生，還是從事多元文化的進修，如果不把想當年的傻子精神搬出來，授你「博士」也只是專業學位，怎能再寫出那些感人的散文和詩歌。

朋友，溫哥華是一個擁有自然美景的國度，雄壯的洛杉磯山脈，深綠色的原始森林，美麗的湖泊，蔚藍的天空，到處是一片綠意盎然的景緻，舖滿草坪的大地，貫穿樹林的道路，〔獅子門吊橋〕、〔加比蕾峽谷〕、〔史丹蕾公園〕那麼多的美景，可曾有你和婉珍挽手漫步的儷影，如果沒有南國的情調，想必總會有北國的風情。在異國的日子雖然是苦了點，但想起牽手即將拿到「博士」學位，得意的微笑，滿足的喜悅，足可讓你高興一千零一夜！一位扔了大盤帽的高職生，娶了一位「博士」太太，人世間的幸運和幸福，全降臨在你身上。當然，「大俠」也不是省油燈，十幾本著作擺滿一地，「文學博士」也比不上你的風采。

溫哥華的月亮雖然皎潔可愛，但還是偏左了一點點，當你子夜夢迴，一份遊子的淒然況味怎能遠離心頭，台北的千金，故鄉的親情，當你倆返國時，不知是春天還是秋天；不知是夏天還是冬天，是否還能見到白髮蒼蒼的忘年之友？

初冬的溫哥華，是雪花飄飄，還是冷風颼颼，未曾走過的記憶總是一片空白。在這北美景色如畫的國度裡，朋友，不要被法國的潘羅也酒迷惑，也不要吞下德國的毛瑟酒而不自知，且飲盡從浯鄉帶去的那瓶陳高，就醉在異國異鄉的溫哥華，當你酒醒的時候，也是你邁向文學之路重新出發的開始，不要忘了你體內奔流著浯鄉的血液與情感，更不要忘了——

是那一塊園地孕育我們走向文學之路。

是那一塊園地奠定了我們寫作的根基。

你心知。
我肚明。

原載一九九六年十一月二十日《浯江副刊》

父親與牛

「死了一條牛，
就像死了爸爸讓我
感到同樣的難過。」
他站起身，
喃喃自語地，
傴僂的身影在燭光下
緩緩地消失……。

時光不能倒轉，記憶則可翻新。

一九五二年三月，跟隨著父親辛勤地耕耘十餘年的老母牛，終於躺在那陰冷黑暗破舊的牛房裡。烏黑的樑柱，石灰斑剝的牆壁，蜘蛛總愛在它的角落結網，厚厚的踐踏物是牛糞、牛尿與細沙組合而成。每隔兩三天，父親總要到樹林外的那堆沙丘，挑幾擔細沙灑在剷平的牛糞上，一則可讓辛苦的牛兒有塊乾淨的休息處，再則那厚厚的踐踏物是農耕不可缺少的肥料。冬天農閒時必須先把它清理出來，挑到犁鬆過的田裡，或是尚有作物的田埂上，當春雨潤濕了大地，再一畚箕、一畚箕地把它鬆洒在田裡，穀物的收成，除了雨水外，這些原始的肥料有絕對的關係。

老牛再也不能動了，鼓起的大腹總有水缸那麼大，翻起的大眼像二顆乒乓，眼角晶瑩的液體，是不忍心遠離主人；還是辛酸的淚滴，是怪主人沒讓它喘息，還是無言的抗議。我們無從知曉老牛的想法，更不知在牠那碩大的頭腦裡隱藏著什麼：是智慧的結晶，還是簡單的思維？爲什麼在祭孔時，男男女女老老少少爭著拔取牠細柔的體毛——叫智慧之毛。牠連一聲小小的嘆息也沒有，別說是哀號。

人總是喜歡創造一些美麗的辭彙來美化自己笨拙的身軀，一根牛毛它能衍生著什麼智慧，把它放在衣袋裡，把它別在胸前，把它插在鬢邊，可曾就能代表人類智慧的高低，智商的發達。人，怎能忍受「人」的無知，讓牛也笑我們笨。

賣豬肉的老王出價三百元，要把老終的母牛宰殺出售，父親淒迷地搖搖頭，老牛爲我們辛勤地犁田；拖糞拉肥，儼然是我們農家的一份子，在牠老終時怎能再貪圖那些錢財，而任由人來宰割。怎能對得起那頭忠心耿耿、任勞任怨、只知付出不求回報的老牛。

那天午后，父親帶著挖泥剷土的工具，在臨海的許白灣細白的沙灘上，挖了一個大坑。滿是汗珠的額頭，頂上何時竟豎起了幾根蒼蒼的白髮，汗水由額上的深溝經過深凹的雙頰，滴在深坑裡，淌在沉重的心裡。

好心的鄰居，幫父親用麻繩牢牢地綑住老牛的前兩腿與後兩腿，僵硬的牛體是喪失體溫的徵象。牛嘴上白色的泡沫依然沾在唇角上，只是它已隨著體溫的下降而冰冷而凝結。

父親輕輕地取下牠橫穿過鼻孔的「牛楨」，總不能在牠即將入土時，仍然要承受著人們殘忍的束縛。半抬、半拉、半拖、半推地把數百斤重的牛尸搬上在牛房外的推車上，車輪隨即沉在沙地裡好深好深。是的，再過幾天，當歲月腐蝕了它的身軀，當流完滿肚鼓鼓的尸水，剩下幾根白骨就不會那麼重了。車輪沙沙的聲響，搖擺著舊有的年輪，龐大的軀體是它沉重的負荷。推車前的「牛軋車」，仍然繫著二條粗大的麻繩。原先由牛拉的「軋車」，父親卻把背負在肩上，好心的鄰居扶著把手，同心協力把老牛推向另一個草色青青的世界。

那晚，父親面對著餐桌上微弱的燭光默默無語，一小碟炒過的花生米是他下酒的佳餚，卻絲毫沒有減少。平常一杯酒能增加他血液的循環，能消除他一天的疲勞，此時卻多喝了一杯而略顯微醺。

「死了一條牛，就像死了爸爸讓我感到同樣的難過。」

他站起身，喃喃自語地，傴僂的身影在燭光下緩緩地消失………。

原載一九九六年十一月廿五日《浯江副刊》

燦爛星空

初冬的街頭冷颼依稀。
十五未到月先圓，
滿天繁星閃爍，
把它襯托得更柔美，
在妳們分裂的國度裡，
妳的故鄉是在三十八度的南邊
還是北面？
月兒是在中間還是
偏了一點點？

那晚，繁星在夜空閃爍，皎潔的明月已爬過木棉的樹梢，初冬的寒意直入心脾。二輛大型的迎賓車在廣場停下，妳姍姍地走來，滿口洋文畫破這寂靜的夜空，而我全然無以領會。孩子說左看右看看不出妳是洋人，生硬而不準確的中文，妳輕聲地默唸著余光中、管管和張默，怎麼妳不說連戰和方瑀呢？而獨鍾這幾位寫詩的文人。

那位魁梧的青年緊隨在妳身邊，深恐妳走失般地護衛著妳。中國人的面孔卻用洋文交談，總讓我悵然。妳翻了好些看不懂的中文書，就好比我聽不懂妳的洋文一樣地莫名。妳好奇；我何嘗不是。孩子聽懂妳幾句流利悅耳的洋文，把妳帶到一個妳急切想去的地方。出來後，妳說了好幾句「收累」，當然我聽懂是對不起或抱歉。而後取出皮夾，妳的身份已暴露在那張淡黃色粉彩紙精印的名片上，那些像工具箱裡的「螺絲起子」或「板手」的文字中，又夾著一些倉頡所創的字體。唯恐來到這五千年文化的國度裡，沒人知道妳的身份，是誰以娟秀的筆跡在那張小小的名片上寫著「韓國詩人」四個字。我實在猜不透「初萸」是什麼？當然，下面的「金良植」可能是妳的尊姓和大名。原來妳是來自曾經是兄弟之邦的「韓國」，只是妳們現實的領導者已偏離了方向，斷交是他一生洗不清的錯誤，那還有美麗可言，靠左是偏離人性的作法，違背了祖宗的意旨。雖然我們再三地强調文學與政治必須分開，有時也必須說上二句來消消氣。

以妳能參加世界級的《女記者女作家協會》的年會，你在貴國「詩」的席次和聲譽，不容我懷疑。或許妳已是名家、名詩人、名學者。妳朗朗上口的洋文，我實在聽不懂妳想表達的，妳也搞不清我想說的。誠然，孩子聽懂了一些，但也無法作完美的傳譯，只是大家開心地、愜意地笑著。

迎賓車的窗口傳來——那個韓國人還在書店。而妳卻聽不懂這句無禮的話語，如果他們能改換成——那位韓國朋友；還是韓國詩人，不是更貼切嗎？在我們自認爲高水準的文化國度裡，怎能讓聽不懂國語的朋友不受到尊重。從妳流暢的洋文，妳所受的當是高等教育，而妳那親切、和靄的微笑，讓我們同感黃種人的愉悅。

朋友印送的那盒名片讓我派上了用場，而妳怎能看得懂倉頡爲我們一流頭腦所創造出來的那些繁體字。妳很慎重地把我那張撕不破的名片放在皮夾裡，當妳回國翻成韓文時，妳會訝異地在金門碰到「愛書人」，雖然妳是「韓國詩人」，但我們都是「黃種人」，任誰也不能否定。

——韓國人快上車吧！

是中國人在講話。老祖宗爲我們絞盡腦汁創造的辭彙，竟然在這些高知識份子的口中語調全變、語音全失。在參加此次會議中，尚有四位來自「祖國」的會員，當然，同是中國人，總不能叫中國人上車吧，是否要說：

——大陸同胞快上車吧！

詩人，因爲妳聽不懂而不生氣，而我的火氣就像迎賓車尚未熄火的引擎那麼高溫地燃燒著，是我們教育的失敗，還是幼稚的高傲心態。詩人，對不起；我是很生氣的！

迎賓車一前一後地駛出新市里，初冬的街頭冷颼依稀。十五未到月先圓，滿天繁星閃爍，把它襯托得更柔美，在妳們分裂的國度裡，妳的故鄉是在三十八度的南邊還是北面？月兒是在中間還是偏了一點點？只怪那無知的政客把我們深厚的友誼塗上一些色彩。

再見了，詩人。何日重遊景緻怡人，民情純樸的金門？何日再仰望這片美麗燦爛的星空……。

原載一九九六年十二月七日《浯江副刊》

異國詩情

一首詩
如果讓我們不能「懂」，
又怎能讓我們「感」，
玩弄一堆文字遊戲，
拿一堆現象來壓人，
不是我們企求的。

一九九六年十二月七日，我曾在《浯江副刊》爲來臺灣參加《世界女記者女作家協會》年會而蒞金參訪的韓國詩人——金良植小姐寫過《燦爛星空》乙文。在剪報尙未寄出時，卻先收到她寄來的信、賀卡、四首詩，以及乙幀她在《韓國精神文化研究院》中庭拍攝的彩色玉照。

詩人立在翠綠的草坪，右邊是一株修剪整齊不知名的灌木；左側該是蒼勁的柏樹，濃密的林木後面，隱約地是一座山。然而，它不像浯鄉太武山頂巨巖重疊的山峰，似乎是地球岩層散落的灰燼，而形成的一座山。山頂草木扶疏，點綴在山的這頭與那頭。一座山的形成，非十年廿年，想知道它的淵源，也只限於傳說而已，任誰也無法找回它失去的歷史和記憶。

詩人雙眼緊扣著金邊眼鏡，兩串珍珠項鍊懸在胸前，乳白色的外套，印花的襯衫，左手放在右手背上，無名指上的翠玉戒子，像一首無言詩，是記錄她燦爛的青春歲月，還是耀眼的金色年華；她把古中國女性的「美」，把東方女性的「柔」，深深地銘刻在綻放著笑靨的臉龐，這不僅是東方人的驕傲，也浮現出傳統的美德。

詩人的信裡，除了少數幾句中文字，全以英文寫成。雖然我是滿頭霧水，然而，經過孩子們的解讀，概略是：本想用中文寫這封信，但是我知道你的女兒懂得英文：：。想不到能在金門島上遇見詩人，不知道你是「臺灣詩人」，還是「中國詩人」……。

那天，在詩人告別新市里臨上車前，我曾隨手送她乙份《金門日報》，依稀記得副刊裡面有白翎——『從《螢》的書中人物，探討陳長慶的悲劇情結』。因此，詩人在回國解讀它時，可能誤認我是「詩人」，而且不知我是「臺灣詩人」還是「中國詩人」。在廣大的詩之國度裡，在新詩受到相當重視的今天，想成爲「詩人」談何容易，任憑我再努力奮鬥，墓碑上仍然冠不上「詩人」的頭銜，我將寫信告訴這位異國的朋友，我不是「臺灣詩人」，也非「中國詩人」，是一個不折不扣的「金門人」。友情的存在也絕非與國籍、性別、愛好有密切的關係，雖然我無緣成爲「詩人」，但「詩」也是文學的支流，它在我內心衍生的熱度，並沒有因我不能寫而減溫。

不可否認地，詩的語言非散文或小說的獨白和對話，它獨特的字辭用語，以及含蘊著高深的哲學意象，如果我們不以身投向它，並不能從詩中獲取感人的情意；誠然，各人有不同的表現手法，各人有不同的解讀方式，但「明朗」、「健康」一直是我們想讀、想看的詩。一首詩如果讓我們不能「懂」，又怎能讓我們「感」，玩弄一堆文字遊戲，拿一堆現象來壓人，不是我們企求的。

詩人寄來的四首詩，由金學泉先生譯成中文的「簡體字」。詩的每一個字，都是整首詩的靈魂，每一句中的任何一個字，都不能稍有疏失，或誤排、或誤譯，使它喪失原有的風貌。因而，孩子根據《大陸簡化字識別手冊》，逐一極其細心地由「簡體」翻成「繁體」。現在且容我把金良植小姐寄來的四首詩透過《浯江副刊》寶貴的園地，與浯鄉父老、兄弟、姊妹共享，讓我們同賞異國詩人的文采；讓我們同感異國詩情的馨香。

原著：《韓國》金良植

〔韓〕譯〔中〕（簡體）：《韓國》金學泉

〔簡體〕翻〔繁體〕：陳嘉琳

一、庭院裡的鳳蘭花

白晝裡
她倚在牆邊睡去
握在手裡的念珠滑落了
搭在腰際有些許的迷離
趁香爐的鳳蘭花開出雪白的禪意
鳳蘭花以繽紛的落英作鋪蓋
把她諸多深不見底的夢
散去得悄無聲息

二、冬日的麻雀

冬日的麻雀是飢餓的
啄食庵房窗紙上凍乾的漿糊
麻雀啄出的洞口裡
一股寒氣悄悄地湧入
年屆不惑的尼姑紅顏依舊
靚麗的額頭上頓感寒意
斷了許久的輕聲又開始起起伏伏
飄雪花了
燃起青色火焰的松針上

雪花層層疊起羅漢
麻雀禁不住又啄食窗紙上凍乾的漿糊
深山古寺
冬日的麻雀是飢餓的
吃了上頓不知下頓在何處

三、凝視黃牛

走著走著卻沒有走動
停著停著卻沒有停下
無論是人或牲畜或草木的生涯
每時每刻
一切都走動卻未走動
一切都停下卻未停下
另有一塊天空是遐想
零亂的野草是迸濺的彩霞
開始就只有一個
終究也只能是同一個天涯
我們置身於其中
都像是在走動卻又停下
都像是在停下卻還是走在秋冬春夏

四、黎明，深山古寺

靜謐
依然是靜謐
搖盪靜謐的
是樓閣古鐘的顫慄
餘韻在我的心中
鑄出又一口古鐘
樓閣便旋即築起

附註：

金良植，韓國女詩人，現任大韓民國《韓、印文化研究所》會長。

原載一九九七年元月十三日《浯江副刊》

牽手同登太武山

在有限的人生歲月裡，
我將緊緊地牽著妳，
越過生命中的風霜雨雪，
攀上我們心靈中的最高峰，
至死，
甚至永恆！

此生未曾牽著妳的手，走那麼遠的路。我心中默掛的不是這嬌豔的春陽，而是要讓春風輕拂妳依然美麗的小臉，讓它輕吻妳不變的容顏。

牽著妳那依然柔柔的手，像觸電般地感應著我，廿七年的情深，仿若眼前嫣紅的木棉花，無視於狂風的摧殘，酸雨的腐蝕；胸懷的是熾熱的心，足登的是輕盈的腳步，走離了新市里，走離了我們曾經挽手漫步的山外溪畔，還有映碧塘。

右側是依山的小道，左邊是寬廣的道路，木麻黃下的陰涼，散不開妳手心微濕的熱汗。很久很久以前，我不是也這樣地牽著妳嗎？是年華的易逝，還是記憶已茫？怎麼老是怪我沒牽著妳，而我何曾牽過誰的手？在即將走完的人生歲月裡，只深感那份誠摯，那份永恆不渝的深情，已在我們心中植根。源於傳統，默守著辛勤建立的小小家園，妳忍下的是「狗吠」，我包容的是「牛性」，生肖雖是不實際的文字符號，命理也是人類所創造，但我們不得不信服它，信服它的虛幻和無知；信服人騙人的本能。

圓環右邊是一片茂盛的竹林，筆直的道路，兩旁是翠綠毫無美感的木麻黃。往裡走，就是孕育我成長的太武山谷。我們曾經走過那條蜿蜒的山路，撥開小徑的籐蔓和荊棘，走過這個山頭又到另一個山頭，內心所感的是人生旅途裡的甜甜蜜蜜。穿過相思林，巨巖的不遠處就是白色的太武山房，我們輕撫著條石扶手步下石階，經過明德廣場，進入是禁區也是軍事重地的武揚坑道，走在濕氣、陰氣與霉氣交織而成的地面，鞋跟沾起的汚泥，杉木地板暗角處長起菇茵，冰冷的水珠從頂端的石縫滴下，老鼠在小小的水溝裡奔馳覓食。怎麼總是遺忘那値得回憶的一刻，是無情歲月腐蝕了妳晶瑩的腦細胞？還是已逝的年華勾不起妳美麗的回憶？

妳取下頸上的絲巾，微風吹起了它的輕盈和柔美，陽明公園幽雅的景緻，明潭清如明鏡的湖水。指揮哨面對的是巨巖堆疊、雜樹叢生的擎天峰，高大的木麻黃擋住了我們不少的視線，巨巖上的小涼亭，紅簷綠瓦依稀可見，坑道裡閃爍著好幾顆星星，他們肩負的已不是廿年前的重責，也不必承受老屋牆上那些口號的重壓。將軍們，你們何其有幸，生長在這個充滿自由幸福的時代裡，何日能爲曾經受苦受難的國家，轟轟烈烈地再打一次勝仗，能嗎？當然，你們一定能！

我們默默地步上斜坡，是春陽的熾熱？還是青春氣息依然，妳手中的熱汗可是血氣的泉源，讓我不再感到黃昏暮色的淒涼，以及走完人生歲月的感嘆。左邊是經武營區，昔日的十八坑道，一份思古的情懷油然而生，曾經因公而穿梭在坑道裡的大小處組，遺失了我多少美好時光，拾回的卻是青春不再，如流歲月。

妳的頭微偏向右，凝視著山坡上的松林，緊貼在粗糙石面上的籐蘿，額上已冒起了汗珠，是否該暫時地歇脚，抑或是繼續仰首闊步，沿途欣賞這春陽下的怡人景緻？面前是青青的棕櫚樹，墨綠的扇葉迎風招展，它搖曳的可是我們此時愉悅的心境，還是年老時的茫然。右轉是木麻黃大道，它沒有松的蒼勁，不起眼的姿色，零亂的杈枒，針狀的枯葉落了滿地。年久失修的水泥路面，深凹與龜裂的線紋，如以賞美的眼光和心情來看它，倒像一幅不定形的水墨畫。路旁的小水溝，雜草與枯葉是褐綠相間的色彩，展現著浪漫與莊嚴的氣息。人們從它的頂端跨過，把文明的痰吐在它的表層，讓它翻不了身，承受永恆的恥辱。他們想看的、想賞的是百花齊放的春天，是紅玫瑰的嬌豔，路邊的草木籐蔓，溝裡的枯枝落葉，怎能引起他們的注意，更別說是賞析。這與我們現實的社會沒有兩樣：看的是虛僞不實的外表，刻意妝扮的容顏，一張利嘴黃牙，一副奸詐的臉，皮笑過後又彎下腰，同一個動作，同一個姿態，騙得了一時，卻隱瞞不住長久，總要被自然淘汰，眞理所唾棄，別把「社會人士」四個粗俗的字體，放大在臉龐。

我們走過「浩氣長存」的牌樓，圍牆下那株桃樹已長成，綻放著豔麗的花蕊，在《再見海南島、海南島再見》那篇小說裡，陳先生與王麗美就是相約在這裡一起登山，我們是否要翻過另一個山頭，到武揚臺尋找《失去的春天》裡的顏琪？我曾經說過，小說是一種眞眞假假撲朔迷離的東西，雖然溶解著我青春時期綺麗的夢幻，但人總是不能靠回憶來度一生，現實環境裡的眞、善、美，才是我們該追求，該珍惜的，就如我此時牽著妳的手，走那麼遠的路，脚踏的是實地，掠過眼簾的是自然怡人的美景，內心承受的是永恆不變的深情，是年老時的相互扶持和依靠，這就是實際的人生。活在眞實與自然裡，才能揚起生命中永不熄滅的光芒。

從玉章路緩緩而上，我已深切地感受到妳此時就如同春陽下的花蕊、枝頭上的小鳥那麼地歡愉。巨巖上的一草一木，山谷裡的彩蝶和蟲鳴，都是我們生命中最美好的悸動。曾幾何時，歲月已從我們的指隙間匆匆地走過。我們更該珍惜剩下的這些寒暑，讓燦爛的時光不再走遠，留下生命中豔麗的春天。

左邊是一塊圓形的巨石，風化過的表層，像似要剝落地令人憂心。淡綠而乾枯了的苔蘚，像老年人的斑紋在每一個角落衍生與滋長，當有一天遇到不可抗力的災害，或許它將自然地倒下，倒下的是一塊巨石，而不是莊嚴的生命，更不是血肉相連的軀體。

巖壁上的細縫，籐蘿已緊緊地纏住滿佈青苔的巨石，它們相互纏繞，是否意味著永恆地相互依靠，或是只暫時地寄生在這塊逐漸風化的巖石上。久久地凝視，輕輕地撫摸籐上的嫩葉，青春歲月已走過，沒有什麼值得惋惜的。我們不是也像籐上細嫩的枝葉那麼地年輕過嗎？是誰曾讚美妳嬌小玲瓏、輕盈婀娜的體態；柔美的膚色，甜甜的笑靨。

雖然生命中的黃昏暮色即將來臨，然而，妳如春陽般地嬌豔依稀，且也讓我更珍惜那份得來不易、老而彌堅的情感；沒有大吵大鬧，小小的悶氣曾經有過，無言無語相對過後是坦誠地溝通和包容，更能把感情提早到另一個充滿著幸福的境界。

前面是傾斜的坡道，妳柔柔的手依然在我的掌心中，沒有汗流浹背，沒有老牛拖車般地喘著氣，充沛的體力，傲人的肺活量，青春氣息依然深刻在妳臉龐，只是與我蒼蒼的髮絲、佈滿皺紋以及滋生著老人斑紋的肌膚不太搭配，這總歸是天意，是佛家所謂的姻緣。誠然，妳有少女時期的美夢，而此時妳的手卻紮紮實實地讓我緊牽著，往後我仍將秉持初衷深情地牽著妳，由這個山頭，攀上另一個山頭，由蜿蜒難行的山路，到平坦寬廣的大道，攙妳跨過溝渠，扶妳越過人類設下的陷阱，終生無怨無悔、無所替代。

在路旁的石墩坐下，暫時的歇脚不是爲了走更遠的路，心中的路途不再遙遠，俯視翠綠的太武山谷，內心漂浮的是廿餘年前的景物，孕育我走向文學路途的明德圖書館，儘管已嚐到秋收後的一點小小的喜悅，但在功利社會文憑掛帥的今天，卻難以被認同和肯定，而那些要假把戲的現代人，他們內心盤存著的是眼高，下一句我們不必做詮釋。廿餘年的歲月是嚴酷的考驗，「不能」已擺在眼前，「不爲」只是下臺階的藉口，等到進棺材的那一刻，等到被火化的那一天，交出的成績單，或許是一堆白骨，一縷繚繞的清煙。

妳取出手帕，輕拭著汗珠，卻拭不掉妳的美貌；儘管我已蒼老，但一顆誠摰愛妳之心，永恆不變，所作所爲，不容妳懷疑和打折。在我文學生命尚未死亡的今天，希冀的是妳的包容和認同，不是批判，不是冷諷熱嘲，而是相互研討。如果把小說裡的情節，比喻是我現實人生的寫照，而讓低氣壓在我們內心衍生和滋長，我不能接受。

經過梅園，高官的題字破壞了巨巖上的自然景觀，文相武將何其多，何不把每塊巨石都題上字刻上名？他們遺忘了巨石的神聖和莊嚴，敲下它小小的一角，卻永遠無法彌補和復原，你不難過，老天終將感嘆現代人的無知和幼稚。

雙旁紅色的花蕊是三月盛開的桃花，不是寒梅。然而見了桃花，是否眞能想起從前呢？好像情人又回到身邊那麼地令人茫然，這或許是年少時不識愁滋味的歌德式情懷吧。

夕陽已遠離了天邊，黃昏暮色已籠罩著整個山頭。老師父已關上了海印寺的大門。蘸月池清澈的水裡是重疊的鎳幣，如果沒有一顆虔誠的心，再多的「添緣」又有何意義。我們步上石階，右側的小屋傳來木魚和梵唱，在這肅靜莊嚴的前庭，你老爸的大名深刻在壁中的大理石上，老人家曾經是重建委員，而在家道中落的那時，卻被鄉親父老所遺忘，誰能記得他出錢出力、費盡心思參與整建，雖然被人們所淡忘，鄭劍秋三個字卻能在這莊嚴的寺中留傳千古，讓子子孫孫永恆地禱念。

老尼師端起水，輕灑盆栽裡的古榕，口中默唸著阿彌陀佛、阿彌陀佛，是否告訴我們該下山的時候了。重新牽起手，暮色已遮掩住雙旁的林木和花草，紅花已不見，翠綠也渺茫，我們牽手同登浯鄉這座巨巖堆疊的高峰，如同我們此生不渝的深情，在有限的人生歲月裡，我將緊緊地牽著妳，越過生命中的風霜雨雪，攀上我們心靈中的最高峰，至死，甚至永恆！

原載一九九七年七月九日《浯江副刊》

永恆的料羅灣

海水濺起的浪花，
它能在我臉上深深的溝渠
停留多久？
是否能順勢流進我的心裡？
還是只輕吻我多皺的臉龐，
以及蒼蒼的髮梢。

步上《海曙亭》的石階，迎面是鹹鹹的微風，多年未曾重遊過的料羅灣，湛藍的海水依稀，靠在岸邊的已不是小小的漁舟，海軍的運補艇，而是龐大的貨輪。左右旋轉的起重桿，粗大的繩索和吊網，吊起的是起起伏伏的人生歲月，放下的又是什麼？

潮水己退離海曙亭的基座，滿佈油污的石塊和污泥，是海洋生物永恆的悲痛。不見遨遊的魚蝦，只見那一片片褐色的苔蘚，以及漂浮不實的油漬，人類丟棄的雜物。

雙手支撐在冰涼的水泥欄杆上，俯首凝視風化過的亭外廊道，下陷的地面，暴露在外的泥沙，野草無視於這含鹽的鹹風，在鼠類築窩的邊沿成長，在蟻類穿根覓食下茁壯。這何其只是我們的人生，倒不如說各有各的生存方式，各憑本能，何必相互殘殺和排擠。誠然牠是人類的禍害，看牠那搖尾豎耳、鬼頭鬼腦地凝視著人間，也只是想把子子孫孫繁衍在這片純淨的大地。牠輕易地躲過人類設下的陷阱，嘲笑人類的無知，捕鼠籠裡的毒餌已引誘不了牠們，你未食，牠先啃；你睡上舖，牠睡舖下，這是否叫生命的共同體，有你也有牠。

伸入海中的是人工築成的堤防，海水拍打石塊堆疊的基座，濺起白茫茫的水花，隨即又消失在浩瀚的大海裡。我們並不能理解是潮流的變遷？還是時序的轉換？看它快速地濺起，又消失，心懷的卻是一份强烈的失落感，仿若易逝的青春年華，想留，想擁，已是不能與不可能，還想計較什麼，怨恨這個社會虧欠了你，爲什麼不捫心自問，我們爲這社會付出了什麼，貢獻了什麼？一顆虛僞的心，一對浮腫無力的眼神，一個令人作嘔的大肚皮？逢迎，拍馬，挑撥，目中無人，肯定現在的虛僞，否定以前的紮實，酒後的醜態，畢露了原形，好馬豈願轉個圈圈又回到原點，脚踏實地，一路啃食，不肥也較結實，臉兒雖長，倒也可愛。一時的神威，過了今晚，待不了天明，再美的眼鏡終究會被拆穿，可憐的人類，忠言總較逆耳，別忘了生在這塊歷經砲火摧殘過的土地，我們背負的是什麼？我們內心承受的是什麼？且請以永恆不渝之愛，善待這片純淨的蕃薯田，以及荷鋤勤耕，默守浯鄉的人們。

朋友開來白色的轎車，出示了港口通行證，久未聞過的油煙味，迎風飄來一份讓我緬懷過去的情景。車輪緩緩地前行，岸邊的碼頭已被龐大的貨輪霸佔，船身隨著潮水輕輕晃動，港灣的漁舟帆影已不見。海鳥也展翅飛翔在浯島的另一片天空。幾朵浮雲已飄過前方的反空降堡，穿過迷彩的僞裝網，那挺機槍果眞能護衛這座名震中外的港灣？無情的砲火迄今仍然讓我們驚魂未定，多少無辜的鄉親父老身首異處在這片灘頭，染紅了海水，染下了我們心靈中永恆的悲痛，永不褪色的記憶。

荷槍的哨兵，鋼盔下是一張俊逸的小臉，仰靠他們來「反攻大陸」已是過去的口號，總感到他們欠缺了一份軍人英武威嚴的氣概，他們所思所想，所肩負的使命是「保護人民」，我們也相信他們「能」。來到金門，能佇立在這英雄島上的港灣，仰望萬里晴空，俯視碧波萬頃的海域，傾聽浪拍巨巖的響聲，此生的願望已達成，終將歡天喜地倒數著饅頭，等待「退伍返鄉」而非神聖的「戰地榮歸」，這或許是時代的變遷吧。

重新轉回海曙亭，港內已盈滿了海水，是漲潮的時刻，龐大的貨輪激不起心中一絲兒美感。凝視內港外海，已尋不到我冀求盼望的小小漁舟，傾斜的帆影。海水濺起的浪花，它能在我臉上深深的溝渠停留多久？是否能順勢流進我的心裡？還是只輕吻我多皺的臉龐，以及蒼蒼的髮梢。我們無從理解大氣層裡的微妙，也不能更深一層地剖析人生，自然讓我內心豐盈，讓我彷若漂浮在港灣的兩棲快艇，那麼地紮實，那麼地有份量！

朋友說這五味雜陳的港灣有什麼好看的，這即將下陷的亭子又有什麼好留連的？然而，我所冀求的，想尋的，何止是這雜陳的氣體，五十年代的「子感計劃」，築起了牢固的堤防，引進了清澈的海水，亭子的基座用塊石由海底堆疊而成，漲潮時的三面環海，亭上的風簷麟角，夕陽晚照時的漁舟帆影，料羅灣的自然景緻全在我們的眼簾，沒有歷經五十年代艱辛苦楚的歲月，何能品出那時的心情。雖然小小的漁舟已划向不遠的另一個港灣，馬達也替代了古意的帆影，海鳥已不在這混濁的海面覓食，我們也隨著歲月的消逝而蒼老，終將回歸西天，留下一個模糊音容的不久，也必然從子孫的記憶中消失。生於民國幾年，歿於西元幾年，是否能永遠銘刻在那堆白骨上？還是隨著紙錢的灰燼變成繚繞的清煙？人生何其短暫，歲月何其無情，然而，我們心儀中的料羅灣卻永恆不變，它將永遠永遠長存我們的深心中。

原載一九九七年七月十五日《浯江副刊》

森林公園看落日

沒有童時的純真、
　青年的熱血，
身懷的是一份即將
　歸回塵土的蒼涼。

我們未曾有過多的
　冀求和留戀，
果能像這林區裡扶疏的花木，
　自然的微風，
抑或是松林下枯萎的針葉，
也甘心。

車過鵲山圓環，順著指標緩緩前行，沒有落雨的春天，兩旁的籐蔓雖已萌起小小的綠芽，綣曲的小芯尾卻有些微黃，枯老的枝葉已蒙上一層褐色的塵土，欠缺的是春風的輕拂，春雨的滋潤。

筆直老舊的路面，挺拔的松林，秋風摧殘過的針葉，在溝渠旁舖上一層厚厚的草毯，冬季脫落的「結球果」，點綴在斜斜的坡上。我們無語地走著、是想欣賞路旁刻意栽培的花卉？還是想在這寬曠的林區裡，尋回失去的記憶？

遠方映照的，是一絲稀薄讓人無法捉摸的微亮，人工挖掘的小池塘，噴起銀白的水花，清澈無波的池水。我們默立在池沿，遠離了市囂，遠離了人群，遠離了這現實社會中所衍生的一切。寬曠的視野，盎然的綠意，把我們提昇到另一個不同世界的意境裡。誠然，噴起的水花，隨即消失在水池裡，沉沒在水底，這是否意味著我們浮浮沉沉的人生歲月，還是善變的社會與人心。

池畔是一片茂盛的白千層，在成長的過程中，它尚未歷經風霜雨雪的考驗，往後的時光，是否讓它的根更紮實地深植在無底的土壤裡，何懼人們的摧殘，剝落了百層，還有千層！

泥沙堆積的田埂，草本的花卉正盛開，是紅是紫，是藍是白，是誰能延續它短暫的生命，並非春雨的滋潤，亦非春風的輕拂，它歷經生之喜悅，也不畏死之恐懼，人們冀求的是它豔麗的容顏，悲嘆的是它早夭的壽命。工人已扭開了水龍頭，水珠在葉脈上凝聚、滾動，它眞能吸取這些有限的養分而成長茁壯，而讓它的根深蒂固？還是禁不起風吹、雨打、日曬，以及秋風的摧殘，冬雪的冰凝。我們的燦爛時光，是否也像這田埂上的花卉，在花朵綻放時讓人觀賞，走過青春歲月後，讓人踐踏。

橫過馬路，松林掉落的針葉綿綿的、軟軟的，總覺得它不夠踏實，不夠堅硬，隨時會被陷下去，或滑倒在深深的溝渠裡，是否能不經旁人的扶持而自行爬起，還是會被卡在滿佈陷阱的深溝裡。

重複地躑躅在這幽靜的林區，上了階梯，是原木築成的涼亭，環視四周的景緻，原野的氣息，自然的微風，西邊的彩霞，松樹頂端的浮雲。在木製拱橋上，擺了姿勢，撩起髮絲隨風飄逸，强裝笑臉的女孩，對準焦距按下快門是滿臉稚氣的小男孩。是的，青春歲月我們已走過，人生歲月即將走完，孩子們，擺上一個美好的姿勢，不必强裝笑臉，拍下那份自然與純眞，留下一個永恆的回憶。

掠過上空的是啁啾的小燕子，亮麗的羽毛，展翅時的輕盈，俯身與斜飛，凝視著這落日餘暉下的大地與林野，時而穿梭在松樹與木麻黃的空隙處，可曾懂得「逍遙」這個名詞，「自在」這二個字，牠們秉持的是祥和，追求的是自由，未曾貪戀人世間的一點一滴，且輕聲地告訴我們季節的變換，春天已來臨。

山坡的斜梯下，泥上鋪了木炭，烏黑的體態，烘烤後龜裂的線紋，記錄年輪的圓圈圈，空隙處已長出一株株細嫩的野草。多少遊客跨過它的頂端，能發覺這微小生命的存在卻是寥寥無幾！它雖然只是草本與木本的差別，以長短的壽命來區分。然而，我們賞析的心情，審美的角度，一顆愉悅的心不可缺，一份想擁有大自然的胸襟不可少，並非只是一門高深的學問。

在坡上的木製涼亭，東邊的美景盡在眼簾，不必任何人爲我們引介和導讀，沒有童時的純眞、青年的熱血，身懷的是一份即將歸回塵土的蒼涼。我們未曾有過多的冀求和留戀，果能像這林區裡扶疏的花木，自然的微風，抑或是松林下枯萎的針葉，也甘心。

向右凝視，木屋頂上的微光是落日的餘暉，不是霞光的映照。無波的池水，盎然的綠意，鳥兒的清唱，蟲兒的吱喳，它給予我們的何止是心曠神怡，開朗心胸，而是心中永恆的希冀。

步下臺階，光滑的扶手，像嬰兒細嫩的肌膚，讓人不忍心觸摸它，只能柔柔地呵護，低聲地輕喚，喚醒這怡人的春天，感傷的落日。

西邊的晚霞，已被茂密高大的木麻黃所遮掩，僅有的一片雲彩，已被灰暗的暮色取代，兩旁的花木和野草，微濕的枝葉是露珠還是霧氛？是春天的自然訊息，還是低泣在黃昏中消失的夕陽美景。

原載一九九七年七月十八日《浯江副刊》

遲未兌現的諾言

轉眼新市里的
　木棉花開時節已過，
枝椏上已綠意盎然，
而我曾許下木棉花開時
　要寫首詩給你的諾言，
而，
此刻揮就的雖是
　心中的無言詩，
卻代表我誠摯的心意。

恭禧你榮獲一九九七年《中國文藝獎章》「新詩獎」，這份代表著藝文界最高榮譽的獎項，你的獲得不是僥倖，而是深受認同和肯定！認同你右手的詩歌和散文，肯定你左手的素描和油畫，雖然二樣都是你《藏在胸口的愛》，《帶你回花崗岩島》的獲獎，更是無以取代的殊榮，誠然你得獎無數，卻沒有這份來得崇高與珍貴。

在廣大的文學領域、詩之國度裡，世界詩人大會邀你參加，祖國詩壇邀你共研討同探尋，你體內衍生的每一個細胞，何止是一首詩、一幅畫，它將隨著歲月奔流馳放，傾瀉在浯鄉這塊歷經砲火摧殘過的田疇，讓它綻放出美麗的花朵，美飾這片被譏為文化沙漠的純樸鄉土。在你的〔暗暝臺灣新樂園〕，把美麗寶島的醜態赤裸裸地展現出來，我們眼見的、心感的已不是一個祥和的書香社會，而是充滿著暴力和色情的「烏暗暝臺灣舊樂園」，只不過它多披了一件金色彩衣，閃爍著讓人眼花撩亂的五光十色，詩人，你的用心良苦，創作精神，所詮釋的已超越了詩的語言，而是字字含蘊著哲理，句句撞擊著我們的心，然而，隨著環境與社會的變遷，浯鄉這塊純淨的泥土，是否會變成「烏暗暝的新樂園」，怎不教人憂心？我們重新看看引以為傲的中央公路，看看我們的觀光景點和有限資源；肥了社會人士，瘦了鄉親父老。詩人，我們的心是相連的，悲哀和感嘆不是與生俱來，熱愛鄉土之心永恆不變，但願日後聞到的，仍然是浯鄉的蕃薯味和芋仔香，不是引進異鄉妖豔的野玫瑰和過敏原。

今年的初春，我們迎著刺骨的寒風，頂著霏霏細雨，想親睹斗門綠意盎然的古樹。你深度的眼鏡緊扣在咖啡色的禮帽下，學者的氣質，紳士的風采，然而，我們所聞所感，依然是熟悉的蕃薯味，不是異鄉的稻米香。我們穿梭在古樸的村落裡，失修的老屋已改建了樓房，窄小的巷子也鋪上了水泥，復古之心已泯滅，我們情願走在紅土、瓦片、小石凝固而成的古道，看牆角白灰沙土混合而滿佈青苔的護牆，讓微風細沙吹上我們的髮梢。

右邊是破舊的牛欄，門口擺放著「粗桶」和「簸箕」，這或許是小小農村裡最後的裝飾和擺設。你取出相機，旋轉了鏡頭，捕捉的是古樸的村落，還是山林的青蔥，快門按下的，是短暫的人生歲月，還是耀眼的金色年華。我們都同時走過艱辛苦楚的藝文大道，彷若這高低不平的碎石路，它的高低起伏，坎坷難行，永遠在我們的記憶之中，儼若兩盞懸在空中，搖晃不定的馬燈，禁不起風吹，禁不起時光酸素的腐蝕。然而，苦澀的歲月已遠離，你已扭捻了燈芯，把它牢固在海的上空，放射出强烈的光芒，映照著浯鄉、對岸，還有自稱寶島的那一邊；而我心中的燭油將燃盡，桌旁微弱的光亮已映照不出我孤單的身影，豈能讓飛蛾再在燭中撲閃，怎能容下生命中的斜風苦雨再傾瀉，熄滅許在霎時，在那短短的一瞬間。

我們順著村外的蜿蜒小路走著，寒風吹亂了我的髮絲，掀起了你的衣襟，眼前是平坦的大道，還是坎坷的路途！同行的朋友縮著頸，豎起了衣領，是怯於冷颼的寒風，還是缺少一絲暖意？百年古樹下是一堆堆的牛糞，拴在樹下的已不是四、五十年代與農家相互依靠的老牛，而是體毛光澤，肥肥胖胖，迎合老饕而刻意餵養的牛隻，幾兩銀子能品嚐到半牛，加倍卻能吞下全牛。人與牛的感情已逐漸地式微，牠不再是老農的依靠，餵食的也不是田埂上的青草，而是化學飼料，我們毋須搖頭和感嘆，這是一個充滿著幸福的時代，牛，豈有二樣，唯一差別的是牠的肉被人們吃了，骨頭被人們啃了；而可憐的人類，自稱爲萬物之靈，肉被誰吃了，骨被誰啃了，竟然不自知。

爬上小小的土坡，雜草藤蔓環繞在古榕粗壯的主幹，你對準焦距，想裝進記憶的不是它的杈枒而是蒼翠，不是掉落的枯葉而是頑强的生命力和自然的風貌。我們始終沒有忘記，捕捉自然，追尋自然，信仰我們心中的眞善美是我們此生的堅持。你跨過那堆烏黑的牛糞，俯下身，把鏡頭朝上，是想記錄樹的祥和，還是天空裡的雲彩。

寒冷的早春，大地仍然籠罩在冬末的氣息裡，枯枝尚未掉落，新芽未曾萌起，纏綣在樹幹上的藤蔓，並不能永恆地依附它，這和我們生長在這個現實的社會裡，又有何兩樣？憑藉的是自我超越，自我提昇，怎能依附旁人求生存？果能如此，也只是一個殘缺不全的軀體，沒有靈魂的生命。因而，我們能深刻地體會，理解你在異鄉異地，孤軍奮鬥的苦澀歲月，如果沒有堅强的毅力和恆心，如今也只是一個庸俗的凡人，何能擠身在廣大的詩之王國裡。向明說得沒錯，你對詩的執著一如生長在金門的花崗石般堅實，頭腦清醒，思想敏銳，潛心獨立，面對各種潮流的誘惑，一意追求自己應有的走向，作品的完美表現，是你爲詩的一貫主張。短短的幾句話，道出你心靈中的悲歡情懷，此時甜美的果實，雖然讓你嚐到，然而，你並未自滿，憑藉著對詩、對藝術的執著，依然時刻在求新求變，對自我做最嚴酷的鞭策，突破《雪白的夜》，超越《憂鬱的極限》，以熱愛詩與藝術的情懷，同時關愛浯鄉這片純樸的泥土，終生無怨無悔，永恆不渝：：。

詩人，轉眼新市里的木棉花開時節已過，枝椏上已綠意盎然，而我曾許下木棉花開時要寫首詩給你的諾言，然，此刻揮就的雖是隱藏在心中的無言詩，卻代表我誠摯的心意，我冀求的是你的包容而非肯定；如果你內心感應不出它像首詩，卻是幽美的散文辭句，雖然異於新新人類的造辭用語，我們卻有同感：眞實的、自然的，才是我們心靈中最美麗的篇章——

諾言不是碧波無痕的湖泊
而是深如古井的泉湧
君在海的那一邊
吾在山的這一頭
心懷浯鄉貧瘠的蕃薯田
默守戰火摧殘過的家園
掬起簸箕裡的紅壤土
根已深植在褐色的田疇
汝是綠葉扶疏的藤蔓
毋須異鄉的花卉來點綴
吾若枯萎待折的杈枒
任由時光踹蹂
嫣紅的木棉花已在穀雨下凋零
腳底的泥濘已滑過無情底歲月
遲未兌現的諾言是心中永恆底感嘆

只因詩心已遠離
在交會時衍生不了微弱的光芒

附註：《藏在胸口的愛》為張國治散文集；《雪白的夜》、《憂鬱的極限》為詩集。此次詩人以《帶你回花崗岩島》詩鈔、素描集，榮獲一九九七年《中國文藝獎章》「新詩獎」。

原載一九九七年七月廿三日《浯江副刊》

夜霧茫茫到漁村

微弱的街燈，
茫茫的霧氛，
木棉道下是一個
孤單的身影在晃動，
然而，
他內心卻盈滿了友情的馨香，
臉龐綻放著怡人的笑靨，
在這夜霧茫茫的
深夜裡……。

朋友把車停在門口紅線道的木棉樹下，葉上滴落的水珠，在滿佈塵埃的擋風玻璃，匯聚成好些儼若老人臉上皺紋的溝渠。夜霧已籠罩住整個大地，微弱的街燈下是白茫茫的一片。野犬凝視著寂寞和寧靜，鐘聲已鳴過十二響，新市里的夜已深沈，門窗外飄來柔柔的霧氛，輕吻著早已鏽了的臉龐。

他發動了引擎，扭亮了遠燈，又變幻近燈，車輪輾過微濕的地面，燈光映照著輕飄的霧絲。熟練的駕駛技巧，彎曲的道路，傾斜的坡度，限速四十他卻以時速七十前進，雙旁的草木，怡人的夜景，已在濃霧中消失，只因未曾謀面的友人已在漁村等候。

想像中的漁村，應是一個古意盎然的小村落，每每只有路過，並未進入一探究竟，此刻面對的，已不是燕尾馬背的紅瓦古厝，而是新建的西式樓房，以及雜亂的巷道。

他把車停在一處空曠地，相約而來的友人已在另一部簇新的紅色轎車裡等候，迎著霧絲啓開車門的是一張敦厚俊逸的臉，帥氣十足的身軀，光澤紅潤的臉龐。簡單的介紹，我伸手握住的不是浮華的青年之手，而是紮實的人類希望。同步走進小店屋，四十年代吃怕的蕃薯粥，九十年代卻成了宵夜城裡的金字招牌，以及清淡的高級享受。從貧困的農村來，面對碗裡潔白的米粒，金黃色的蕃薯，桌上的扣肉，小魚，還有幾道色香味美的小菜，怎不讓我們想起已逝的歲月和過去，一大鍋蕃薯塊和著發霉粗糙的戰備米，豆豉、菜脯、醃過的海螺，仰賴初一、十五「犒軍」的芋頭稀飯，來犒賞深凹的肚皮，而生在這個幸福年代的孩子們，他們懂嗎？他們體會不出那時的生活情景。

我們分坐在原木小桌的四個角落，想談的，想說的，何止是文學和藝術，你的願望和企圖，隱約地已浮現在檯面，把文藝的幼苗深植在浯鄉這塊貧瘠的土地上，把文學的根紮紮實實地深植在光禿的紅壤土裡，歷經歲月的考驗，眞光的映照，開出的花朵將更芳香，結出的果實倍感香甜。誠然，在現實的環境裡，綠葉扶疏，百花齊放是責任，而一旦草木枯萎，花兒凋落，卻不能怪罪這惱人的秋天。朋友說你不善言辭，而在短短的交談中，卻深覺得，你的每句話都是眞實而自然的。相對的，我們也厭惡虛僞的政治人物、道學家，還有社會人士，總感到這世界缺少了眞正的友情和關愛，以及一顆包容的心，到處可聽，可見——只要大爺高興，沒有什麼不可以的。當然，我們也希望大爺高興，永遠永遠地高興，只冀求別太高興，恰到好處，適可而止就好。

右邊坐的是偶像型的友人，修剪整齊的大平頭，理髮師如過不了這一關，只能停留在「徒」字上，原地踏步，出不了師門，而他雖然考驗了理髮師，考倒了歲月，卻考不倒執著的愛情。眼見的，心想的，總與實際人生相差著一段距離，我們都淸楚，靑春年華有盡時，時光一逝永不返，這是人生的現實，不能怪罪歲月的無情。以他的才華操守，對藝術的熱衷和造詣，憑藉著簡單的內容，卻能描繪出足以代表整篇作品中心思想的插圖，遺憾的是懷才不遇，實際人生裡的每一幅畫、每一張插圖，只能藏在心靈的最深處。我們曾經讀過一篇短文——《這樣的男人很少見》，文內勾勒的、描繪的，幾乎是他的線條和寫照，如此深入的刻畫，作者許是歷經長期的觀察，和內心的感應，而不是浮雕。

朋友打了電話，五分鐘過後，在我身旁坐下的是部「活字典」，卻也讓我感到，與青年朋友在一起，倍加顯出自己的蒼老。而同住在新市里，怎麼竟沒有注意到這部不必查部首、也不必注音檢字表的「活字典」。朋友雖然是戲言，但何嘗不是美其名，一般生澀的字辭，他卻能輕易地加以辨正、正音，我們能不服嗎？難道要繼續地錯把「馮京」當「馬涼」，貽笑子孫才甘心。

朋友口若懸河的辯才，他家事、國事、社會事，事事關心，嫉惡如仇的直爽個性，虛偽的假紳士無法在他眼裡遁形。我們同時來自貧寒的農村，窮苦的家庭，四十年代三餐不繼的日子，在腦裡盤旋依稀，桌上微溫的蕃薯粥，或許三大口就能讓它在胃裡翻攪而後溶化。坦誠而短暫地交談，此生又多了些得來不易的友情。它將隨著歲月的消失而自然成長，是否能歷經考驗，一份誠摯之心不可少，互勉互勵，相互包容和關愛不可缺。我們將踏著永恆不渝的友誼步履，走出夜霧茫茫的小小漁村，仰首闊步，在多彩的人生大道上漫行。儘管濃濃的霧氛能讓船艦迷航，然而，我們心中的羅盤遙對的卻是浯鄉這片蔚藍的天空，燦爛的大地，明兒旭日東昇，濃霧將散失在山的這一邊，海的那一頭，是化成滴滴水珠，還是等待大氣的迴轉；是象徵變化無窮的人生歲月，還是險惡的社會人心，這茫茫的夜霧，何嘗不也隱藏著高深莫測的學問，有待我們深一層地來解剖與探討。

重回新市里，不見遠方閃爍的繁星，漆黑寂靜的街頭，微弱的街燈，茫茫的霧氛。木棉道下是一個孤單的身影在晃動，然而，他內心卻盈滿了友情的馨香，臉龐綻放著怡人的笑靨，在這夜霧茫茫的深夜裡⋯⋯⋯⋯。

原載一九九七年七月廿八日《浯江副刊》

無聲曲

但願你們靈前繚繞的清煙，
桌上搖曳淚流的白燭，
黃白相間的菊花，
能幻化成一對蛺蝶，
雙棲雙飛在春天中，
逍遙地飛向你們
理想中的天堂，
飛向西方接引的極樂世界。

懷著悲傷的心情，眼眶盈滿了淚水。孩子，姨丈搭乘復興航空公司的班機，專程飛來臺北。雖然來不及參加你與瑩玲冥婚大典，卻趕上送你一程。它將在我人生的扉頁裡，留下一個悲傷的記憶。

今天，金門天色蔚藍，晴空萬里；臺北陰沈黑暗，細雨霏霏，跨上你舅舅的白色轎車，車輪輾過的不是微濕的地面，而是兩顆沈重的心；從腦中掠過的，不是異鄉的雨中美景，而是來自報上觸目驚心的報導，扭曲成一團的福斯轎車，當場西歸的悲哀訊息，而令人迷惑的是轎車竟能越過高速公路中線的分隔島，親吻北上的聯結車，分隔島的護欄微損，蒼翠而不知名的灌木只掉了幾片綠葉。宇宙間的奧妙，大氣層裡的神祕，是一個難解的謎題。是惡魔欄路，還是天嫉英才，抑或是天國要委於你們重責大任，急速地要你們回天堂？誠然，我們都穿著生死必然的衣裳，然則，寶貴的生命來自父母，竟然倒在自己的血泊裡。生命是什麼，你們明白；你們知道，但為什麼不珍惜？是否只有死亡的清靜，才能讓你們相互依靠，相互佔有？尤其是趁著你的父母出國旅遊，他們方踏上東歐捷克的土地，進了旅館，尚未打開行李，你哥的長途電話亦由國際臺轉接上，為了不願讓他們在異國悲傷落淚，只簡單地告訴他們，你們因車禍而住進了加護病房；然而，你的律師父親，他不但能研判案情，也能研判病情，因車禍而進入加護病房，任憑不死也將成爲植物人。而身在異國，插翅也難飛回來，歷經多少波折，從捷克到德國轉香港回臺灣，終究還是見不到你們最後一面，有的只是躺在太平間，滿身傷痕，僵硬冰冷的身軀，以及失色的容顏。孩子，他們如何度過那些淒風苦雨的日子，你們永遠不知道，也看不見，目睹你們併肩安祥地躺在鄰近的冰床上，將含著幸福的微笑攜手上天堂。白髮人送黑髮人是人世間最殘酷的戲劇，既然布幕已啓開，角色已定，瑩玲的父母提出爲你們舉行冥婚的要求，而你生長在基督教家庭，父親是經過受洗的虔誠教徒，他沒有怨言，沒有阻撓，欣然應允，以「佛」能普渡衆生，來求取自身的諒解。並親自攜帶喜餅、飾物，到苗栗頭份瑩玲的家提親，以你的衣物迎回她的華服，擺放在貼滿喜字的新房裡，簇新的被褥和傢俱，就儼若新婚蜜月般地甜蜜和幸福。你們的新房，遙對著淡水河畔碧草如茵的草坪，河裡的波光水影，棲息在紅樹林裡的野雁海鳥，將永遠地伴著你們。

雖然你在一個高水準的律師家庭長成，但並沒有把你塑造成現實社會裡的公子哥兒，你勤儉、樸實、謙和有禮，從建中、交大而直升研究所，你的學業和操行同樣受到師長的肯定和讚賞。校長鄧啓福先生「英才早逝」的輓聯，理學院林院長、應用數學系傅主任，親率系所同學蒞臨殯儀館景新廳；瑩玲新竹師院的師長以及任教學校的師生代表也來到，為你們拈了香，行了禮，流下滴滴悲傷的淚水。孩子，這是你們生前聚福惜緣所換取而來的哀榮。你們留下的，不是對人間的仇視，而是依依不捨地遠離。師長的祝福，同學的默禱，願你們永恆地銘記上天堂，不要遺憾在人間。

道士誦完經，姨丈接過瑩玲姑姑姊姊手中的紙錢和冥幣，上面清晰地寫著你們的名字，每疊是「廿萬充足」，指定要你們在陰府折封，並且警告陰間的孤魂野鬼，不得侵佔，一經查覺，必定究辦。在廊道的金爐裡，焚燒了好久好久，一旦你們進入天國，雖不一定能成為富豪，但足可讓你們無憂無慮地繼續完成學業，以及建立一個幸福美滿的家庭。岳家設想的周到，基督家庭裡的包容，孩子，你有幸跨越兩大宗教，心中有阿彌陀佛，也可默唸阿門，不管在天堂在地府，將受到雙重的庇佑，所有的幸福全歸你們所有，我將陪同你們的父母和家人，一起擦乾淚水，含笑地祝福你們。

臨近午時，祭禮也告一段落，雖然父母痛失了你們，卻也慶幸二位子女已成長，一位是你的哥哥，一位是瑩玲任職於警界的姊姊；從你們發生事故，他們代表著雙方家長，從細小的事務，到繁瑣的公祭出殯；從你們的冥婚到火葬，雙方含著淚水善意地坦誠地溝通，讓你們無怨無悔，安詳無憾地進入西方的極樂世界。孩子們，父母恩，兄弟姊妹情，如果有來生，此時此刻、永久和未來，你們要銘記在心頭。

姨丈強忍著奪眶而出的淚水，默默地環繞百花點綴的靈堂，很快就要大殮，棺木將不留情地把我們分隔：一在人間，二在天堂。目中凝視的是美滿幸福的金童玉女，淚水已滾落在多皺的臉龐，該向你們揮揮手，還是說聲天堂見。遠從千里來送你們一程，非「因」非「果」而是「緣」，但願你們靈前繚繞的清煙，桌上搖曳淚流的白燭，黃白相間的菊花，能幻化成一對蛺蝶，雙棲雙飛在春天中，逍遙地飛向你們理想中的天堂，飛向西方接引的極樂世界，而我心中的蝶兒，不久也將飛出，是尾隨著你們，抑或是飛舞在虛無飄渺的雲層，消逝在天空蔚藍的深邃裡……。

原載一九九七年八月二日《浯江副刊》

后扁山頭走一回

海的浩瀚雄偉，
山的秀麗祥和，
雲的逍遙飄逸，
内心盈滿幸福，
腦裡盪漾著希望；
年老時的孤單落寞，
心靈中的淒風苦雨，
將在這片綠意盎然的
田野中消逝………。

來到后扁小小的山頭，天色仍然一片朦朧，它還籠罩在盛夏迷濛的晨霧裡。鐵絲網旁的哨兵，伸舌吐氣的軍犬，同時凝視著遠方，看那泛白的魚肚，翻起一絲微紅。

遙對著田浦海岸的礁石，圍頭海域裡的漁舟，太陽終於擺脫隱藏在海平線上的半邊紅臉，反射的金光，像延伸在海中的金黃大道。山嵐的微風，海岸的濤聲，木麻黃樹梢的雲海，只有在這東南面山、西北環海的山頭才能看到。

陪我同來的是自幼一起長大的堂弟，師院畢業後，自願到南部一所偏遠的小學任教，深山裡的竹林野草，晨昏美景，清麗脫俗的村姑，在他青春的歲月裡，在他此生的記憶裡，都留下不可磨滅、無所取代的印象。然而，異鄉怡人的景緻，美麗的少女，總感到沒有回到家鄉的愜意。同樣的太陽，我們是從海平線上升起，它卻在冷泉中高升；同樣的少女，我們企求的是柔情和純樸，她們希望的，卻是浪漫和激情，這或許是他整裝返鄉的最大原因吧！

田埂上，苦楝樹中的蟬聲己鳴，清脆的清音，是要喚醒沈睡中的人們，還是帶給大地悅耳的聲韻。太陽已爬上田浦城牆的頂端，金色的海域，刺眼的光芒，樹梢上的雲海已不見，低空裡的霧氛已散，清新的大地，怡人的仙境；野鳥掠過眼際，在相思林的枝枒上雀躍，在田野間覓食，草地上的露珠、綣繾的籐蔓，微合的綠葉，時序下的大暑，高掛的太陽已把晨曦霞光呑蝕。汗水由我們的額上冒出又滾下，苦楝樹上的枝葉已擋不住迎面的陽光，阻不住引吭高歌的「杜麗」，低吟的「青枝仔」，還有那叫著「善仔」的音韻。

頭戴著箬笠，荷鋤牽牛的老農，已由另一個山頭走來，五十年代農村的景緻已褪色，高學歷的青年，不滿現實的公子哥兒，誰還願意留在這個純樸的村落，守著那幾畝旱田？任由它荒廢，長滿野草，任由田埂上粗大的樹根延伸到田裡，吸取原始的沃土和水分；荷犁、帶鋤、挑著水肥、趕著牛羊的情景已少見。鄰近村郊路邊，稍微値錢的就把它販賣或抵押，本金利息免繳又不還，管它祖宗十八代，就由吸慣了人們血水的行庫去拍賣吧。有了銀子，作威作福，吃喝嫖賭，到了大世界強强滾，心想的不是一展歌喉，而是捧著銀子孝敬「外婆」，做外婆腋下的乖寶寶，吮幾口外婆胸前下垂發酸了的乳汁，用一個空空洞洞的頭殼來報答列祖列宗，逢年過節，幾包生力麵、蝦味先、幾顆果凍、一柱香，委屈你們了，老祖宗，不是子孫不敬和不孝，也沒有心存欺騙，這是一個不一樣的年代，不一樣的社會，傳統的倫理道德，已是當今字典裡查不到的辭彙，只要子孫高興，你又能怎樣？

太陽已爬上了山頭，遙對的是東邊一片火紅，以及岸上墨綠的木麻黃，潔白的沙灘，正是漲潮時刻，白浪翻滾在佈滿褐色苔蘚的巨巖上。樹下的陰涼，已被熾熱高溫的陽光取代，汗珠由鬢邊滴落，我們是以怡悅的心情來看日出賞美景，而那些在巨陽下辛勤耕耘的父老，他們滴下的汗水，是否能潤濕這片乾旱的田疇？放眼一看，整個山頭只牧放了兩條牛，那一大片青青的草地，由牠們霸佔和瓜分。然而，牠們依舊快速地啃食。長長的尾巴扇拍著纏身的蚊蠅，隆起的大腹，金黃光澤的體毛，春耕已過，只零星地撒些番薯股，何能累倒牠們。稍待片刻，老農會解開牛繩，讓牠們在塘裡喝足了水，拴在陰涼的樹下，反芻胃裡的綠葉和青草。雖然遠離了三十餘年的農耕歲月，這山頭上的一草一木、草地上的一牛一羊、田裡的芋仔和蕃薯，都深深地印在我們的記憶裡，此時所見，何止是太陽的東升，陽光的映照，緬懷已逝的農村歲月，農耕生活，才是蒞臨這小小山頭的主要目的。

頭頂著高陽，揮著汗水，我們沒有往來時路迴轉，雖然它是一條平坦舒適的高級柏油路，但必須經過讓我們感傷的楓香林區，想起昔日駐軍日夜趕工，砍掉多少古木叢林，遍植楓樹，有計劃地把它闢成一個清新幽雅休閒娛樂的楓香林區，而只經歷短短的幾年，雙旁的野草已包圍了健康步道，拱橋已龜裂，美麗的楓葉任由蟲兒啃食，野草已高過坡上矮小的楓木，石窟裡是一池沒有漣漪的死水，我們又何必經過這個令人痛心、虛有其名的地方。

煙墩脚的蜿蜒山路已被「牛港刺」所阻繞，我們輕而小心地撥開它，深恐刺傷了肌膚，流下滴滴鮮血。而曾幾何時，那股墾荒破棘的精神已不復見，隨著歲月的流失，是否已變得貪生怕死，還是捨不得遠離安逸太平的日子。龜石、田前、這尾仔頂，所有的良田已休耕，往日青蒼翠綠的高粱苗，金黃的大小麥，一股一股的蕃薯籐，斗大的芋仔葉，田邊湧出清泉的古井；想起那時，緬懷過去，額上的熱汗已逐漸地成爲冷泉，誠然，時代的巨輪已輾過苦難的歲月，然而，未來的日子卻沒有它的單純美好，五十年代那份血濃於水的親情友情，全家樂融融地吃著蕃薯和菜脯，那種鏡頭在現今的社會已難再現，雖然少了「夭壽」、「死囝仔」和「靠背」，而相對的，一些不堪入耳的穢語也相繼出籠，他們標榜的是新新人類冷血的「酷」，雙目凝視的是標新立異的「帥」，這些不知天高地厚的「夭壽死囝仔」，總有受到上天譴責的一天。

經過刺仔脚、大琦、山郎坑，雨水沖刷過的路面，沙礫石塊已暴露在外，誰願意把它鏟平整好，雙旁的「翠莓刺」、「虎姆刺」已延伸到路的中間，原本已顯得窄小，現在只能單人前行，這高低起伏的山頭和田疇，並沒有蒙受政府的恩惠，重劃和修建農路或開挖池塘，由它自生自滅，讓農村的黃昏暮色，繼續籠罩著這片田野。內心所感的，只有這山頭怡人的景緻，心懷的是農村不變的情景。夾背的汗水已冷，豔陽依然高掛天際，走上臨村的最高點——后山頭仔，許白灣湛藍的海水，北碇島上的巖石和燈塔，圍頭海域的漁舟帆影，田浦大地的古厝，全由我們的眼簾掠過。昔日黃沙滾滾、寸草難生的西埔，經過土質的改良，蒼勁的林木已長成，雖然是清一色、沒有美感的木麻黃，然則，它的自然和綠意，卻是我們心中永恆的希冀和美感。

從朦朧的天色到日出，從金黃的微光到炎陽，我們歡欣愉悅地環繞整個山頭。海的浩瀚雄偉，山的秀麗祥和，雲的逍遙飄逸，烈日下是一片光輝燦爛的大地，內心盈滿幸福，腦裡盪漾著希望；年老時的孤單落寞，心靈中的淒風苦雨，將在這片綠意盎然的田野中消逝…………。

原載一九九七年八月十日《浯江副刊》

在許白灣沙白水清的海域裡

我們是否能讓
　生命中的夕陽永不西下，
還是生命中的潮水永不退？
走在這沙白水清的海域裡，
心中的陽光難再昇，
落日餘暉續映照，
難道是人生歲月的盡頭，
如能長眠在這片潔淨的沙灘上，
傾聽浪拍巨巖的濤聲，
何嘗不是我們此生最大的希冀！

遠遠我們看見，層層的鐵絲網上掛了好些隨風叮噹的空鐵罐，還有紅色的「雷區」警示牌。淺綠色的瓊麻，以其頑强的生命力，在烈日滾燙的細沙裡成長。海風吹走了盛夏的熾熱，濺起的水花飄來絲絲的涼意。走在許白灣沙白水清的海域裡，湛藍的海水，銀白的浪花，烏黑的礁石，這是我們面對浩瀚大海的第一印象。山的青蔥祥和，樹上的蟬鳴鳥叫，池畔裡的蛙兒清唱，已無緣在這無際的海洋中見到。雖然它只是滿佈礁石的淺海，然而，石縫裡的「虎螺」，小石下的「珠螺」、「簸箕螺」，隨波而來被困在淺水潭裡的小魚蝦，海洋裡的好些生物，都能在這裡見到。

我們以鐵製的「螺勾」試探著深度，涉著清涼及膝的海水，脚踏著水中柔軟的沙地，左手輕拍著微翻的浪花，整顆心像漂浮在海面上那麼地輕盈和愜意。頂上的烈日曬不透水裡的清涼，我們緩緩地步上四面環水的小礁石——許白礁，石上的苔蘚、寄生的「硬殼蚵」，風化後銳利的貝殼，溝渠裡金黃色的「雞級仔」，外殼長著綠色的青苔，大小排列，高低起伏，狀如雞冠；在它多采的生命裡，無爭、無吵，與巨巖爲伴，以海洋維生，我們何其忍心挖取它，讓它不甘心地魂斷鐵勾。

俯身拾取吸在礁岩上的「珠螺」，外殼是一層滑滑的泥漿，仔細地觀察、凝視，無從得知它成長的歲月和年輪，只感到它以堅硬的外殼護衛著微小的生命，當我們拾取它時，它快速地將身體縮回，緊緊地封閉在硬殼裡，只留下石蒂旁微濕的水份，任由人們擺佈：要煮、要醃；要丟、要棄，由不得它們抗拒和不願。輕輕地把它放下，它已無心貪戀這塊礁石，連續地翻滾，滾落在深深的溝渠或大海，而它們終將會自己爬起來，以求生之毅力，在海洋中延續微弱的生命，而人呢？當他們滾落在深溝、在大海，是否能自行爬起，還是嚎啕大哭，狂喊待命，等待他人來扶持？雖然自認爲是群體動物，萬物之靈，但若不超越自我，處處仰賴旁人求生存，再高的才華和學識，亦將遭到淘汰而沉沒在海底。

跨過另一塊礁石，斜坡下的平面緊貼著海水，風化過的貝類粘存在岩石上，短短的海草裡是有菱有角的「刺豬螺」，它隱遁在褐色的地面上，雖然有華麗的身軀，貌美的容顏，但卻不輕易地展現、秉持一貫的謙卑，任由退潮時的污泥加身，而當潮水上漲時，浪花將親吻它不變的容顏，恢復它的潔淨，霎時的貌變不緊要，永恆的光輝才該追求。海洋裡的萬千生態，人世間的千萬嘴臉，只要我們細心觀察，深深體會，將能悟出一絲眞理，如果只想在陸地上看大海，在海洋中看人生，終將失去生存的價值和意義。

同行的小姪兒以蚯蚓當餌，放在水花四溢的礁石洞裡，不一會，釣起的是一尾小小的石斑魚，橘紅的身軀，黑色的斑紋，釣勾穿過微張的嘴角，不停地躍動、擺尾，晶瑩烏黑的小眼，凝視著可惡的小釣客，它的命運已掌握在小男孩的手中，任由他玩捏，擺弄，雖然想做最後的掙扎，終究還是失敗，回不了大海，只能橫躺在竹籃裡。

——孩子，這尾不及三兩重的小石斑魚，即不能油炸，也不能燉湯，何不給它一條生路。如果是你該得的，三、五年後我們重來，它會自行躍進你的竹籃裡。如果不是你該得的，今兒吃了它，說不定魚骨會鯁在你的喉頭，到時呑不下，吐不出，那才糟哩！

小姪兒疑惑地看看我，一臉的茫然，不甘心地把它丟回海裡，它翻了翻微紅的身子，擺擺鰓，搖搖尾，緩緩地游向湛藍清澈的海中。三、五年後，果眞能游回來躍進他的竹籃裡，這是玄學上的問題；孩子，你我都不易理解，唯一能記下的，那便是順其自然，不必强求强取，捨與得同在一個平衡點。活著，也要活得有人味，任你斯文掃地，也不能讓自身的人格破產。

小姪兒內心的不悅，就彷若這大海裡的微風，輕輕地一吹就過去了。他收起了釣竿，俯下身，拾起了五光十色，各式各樣、大大小小的海螺，很快就盈滿了籃底，他輕輕地搖晃著，發出螺殼碰撞的微響，童稚的心靈，像礁石上一潭清澈的海水，沒有受到現實環境裡的汚染，不知人世間的險惡，面對著茫茫大海，杳杳天，我們的心胸果能像浮雲白日下的海洋那麼地開朗祥和？在時序下逍遙自在地起伏漲退？若能像竹籃裡的海螺，不知不覺，任由人們拾取丟棄，任由歲月腐蝕，巨浪拍打，總比讓人挑肉煮食好。

涉水走回沙灘，遙對的是岸上翠綠的木麻黃，淡綠的瓊麻，還有生鏽的鐵絲網；而此刻從腦海裡掠過的竟是海南島的〔牙龍灣〕，它細白的沙灘，岸上高大茂密的椰子樹，清澈的海底是詩意盎然的珊瑚礁，展露出南國醉人的風情，若依我們的地理環境善加規畫，〔天涯〕、〔海角〕也將失色；只是我們依然被生鏽的鐵絲網所圍繞，紅色的「雷區」警示牌，更讓我們觸目驚心。誠然，這裡是一個風光綺麗、景緻怡人的聖地，但何日能剪斷我們心靈中的「鐵絲網」？何時能清除我們腦中盤存不散的「地雷」？只有仰首問青天。

走在這沙白水清的海域裡，心中的陽光難再昇，落日餘暉續映照，難道是人生歲月的盡頭，如能長眠在這片潔淨的沙灘上，傾聽浪拍巨巖的濤聲，何嘗不是我們此生最大的希冀！然而，美夢是虛幻不實的，噩夢卻讓人難忘懷。當歲月的酸素腐蝕了我們的身軀，化成白骨一堆時，這片海域是否會受到污染而失色，抑或是繼續保有原來的風貌。誠然不能像南國遍植椰樹，但若把土質加以改良，古榕、木棉並非沒有存活的可能。當三月木棉盛開，榕樹萌起綠芽，瓊麻邊上青青草地坐滿了遊客，退潮時露出的礁石，拾螺垂釣，游泳戲水的男男女女，將把它提昇成一個怡人的仙境，又何必去那遙遠的〔天涯〕和〔海角〕；然而，我們心中鏽了的「鐵絲網」、腦裡盤存的「地雷」何日能鏟除，噩夢是否乃要延續下去，美夢何時能成眞！頂上的髮絲已白，鬢鬚亦是雪霜一片；海上的微風，潔白的沙灘，銀色的浪花，清澈的海水，浮起的礁石，掠空的海鳥，已盈滿了我蒼老的心靈，權勢、名位、金錢、醇酒、美女、華屋也在腦中消失和遠離，能走在這片沙白水清的海域，此生還有何冀求…………

原載一九九七年八月十二日《浯江副刊》

春風掠過中山林

松竹丰采依稀，
臘梅花期已過，
而荷池裡的荷花呢？
它果能出污泥而不染？
墨綠的荷葉，
含苞的花蕊，
賞荷季節未到，
心中已有荷的芬芳。

走在我們引以爲傲的綠色長廊裡，目視中山紀念林秀逸的紅色大字，總有好幾百次吧！而始終無緣入內，親睹林區自然怡人的美景。松的蒼勁挺拔，柏的墨綠娟秀，杜鵑更是染紅了雙旁的溝渠。來到這片遼闊的林區是在三月的一個雨後，迎接我們的是微微的春風、溫煦略偏的驕陽、淡淡的花香、盎然的綠意，還有天空飄遊不定的浮雲。

我們把車停在左邊劃著白線的位置上，平坦的水泥廣場，整潔的路面，花圃裡種植著不知名的草本花卉，紅紫相間，金黃交錯，毛茸茸、綠油油的葉脈，展現出嬌美、脫俗的姿色。滿懷愉悅的心，脚步更像微風般地輕盈，擁抱這片綠色的叢林，是我們此刻最大的希冀。管它是松、是柏，是相思、是苦楝，是玫瑰、是杜鵑，是狗娃花；還是鼠麴草，我們已無心做詳細的分辨，只深恐心中這份美感會不知不覺地從我們雙目凝視的花前溜走。

橫跨過小小的溝渠，松樹上掉落的針葉盤存在雜亂的枝枒上，我們停下脚步昂起頭，仰望的不是藍天白雲，而是松樹枯萎的枝節，以及綣繾在枯枝杈枒上的籐蘿。步上小小的黃土坡，陰涼的樹蔭，山林中的寂靜，紅壤土上未腐的落葉，幾株嫩綠的野草細長嬌柔，它們是否能歷經風霜雨雪炎陽斜照？它柔軟的根不能深入堅硬的土壤裡，浮起一節蒼蒼白白、虛而不實的莖節，何時能直起腰，挺立在這片遼闊的林野，是要歷經嚴冬的考驗？還是接受歲月的洗禮？自身的體會，心中的感受，這林中的一草一木與我們實際人生並沒有兩樣，雖然我們是有血性有感情的動物，它們是麻木不仁的植物，而當我們心靈裡失去那份綠意時，血性與情感必然同一時凋落，肢體的麻痺、知覺的喪失，或許比這林區的草木還可悲。

褐色塊石堆疊的基座上，鋼盔下是一張慈祥熟悉的面孔，栩栩如生、炯炯有力的眼神，已不能從我們的記憶中減溫，儘管史學家對他的功過褒貶不一，然則，歷史自有公斷，我們緬懷的是那份眞實與自然的容顏，此時已毋須由誰引導我們歸鄉的路途。況且，歷經幾次觸目驚心的戰役，砲火的摧殘，小島護衛著大島，小舟掩護著戰艦，鐵的事實已擺明在眼前，是那一方的同胞眞正爲國爲民犧牲奉獻，沒有芋仔蕃薯，那來香蕉鳳梨？怕的是搞不清漢、滿、蒙、回，看不清自己的版圖。純潔的心靈已遭污染，從「書香社會」到「心靈改革」，從「心靈改造工程」到「新的時代呼喚新的心靈」，它起了多大的作用？是否能爲社會帶來一片祥和，以及健康的思想，沒有病痛的身軀？新口號呼喚的聲音總較響亮，反攻，反攻，反攻大陸去，悅耳的歌聲依然在我們的腦中盤旋和激盪，果是我們所思所想，已跟不上時代潮流，還是要繼續尾隨已病入膏肓的社會前進。該深思，該熟慮，或是茫然不知所措。

前方的不遠處是紀念館，儘管設計者名震中外，但總讓我們感到，它缺少了古中國優美的傳統建築藝術，左盼右顧，總品不出它的美感，無法與我們傳統的古厝相媲美。一棟建築物，如偏離了國情、民情，不能給予觀賞者眞實與自然的美，只不過是擋風遮雨的屋宇，與普通住屋又有何差別。我們佇立在館外寬大潔淨的廣場很久很久，驕陽已偏西，微風由周圍的龍柏、古松、南洋杉頂端與空隙處輕輕地吹來，斜坡上翠綠的草坪，溝渠旁盛開的杜鵑，心中擁有的是這林區裡的自然和美景，無意進館觀賞偉人的遺物和擺設，以及牆上浮雕的「金玉良言」。

沿著館外的廊道向後轉，小丘上的紅壤土已被剷下了好些。松樹的根已暴露在陽光下，傾斜的主幹，針狀的綠葉，雖然被人類所欺壓，然而，它仍然要生存下去，以副根吸取土壤裡的水分，以針葉迎接雨水和露珠，雖然傾斜不正，但那蒼勁傲人的風骨，果眞是——人要我死不易，自行滅亡才可悲。它所展現的何止是向人類挑戰，而是不可缺的生之毅力，所冀求的也非紅壤土的再行覆蓋、深埋，而是要與這林區裡的草木花卉、陽光露珠共度生命中的晨昏。走過秋的悲淒，接受寒冬的考驗，迎接生命中的春光驕陽。

右側是一條蜿蜒的人行步道，兩旁雜亂的野草，一地枯枝落葉，高大挺拔的木麻黃，低矮的松林，幾聲蟬鳴，幾聲鳥叫，啁啾的燕子由眼前掠過，無波的心湖，才能領略到這份眞實自然的美感。在這個爲錢辛苦爲錢忙的現今社會裡，在這個雙手捧著銀子孝敬阿姨仔的不正常心理，有誰願意把時光耗在這片自然的林區，對這個已生病的社會，不想再浪費筆墨來批判，就讓它毫無尊嚴地深埋在這片純淨的泥土裡。

在這綠色的林區，我們不必刻意地去理會那兒是正門，那兒是偏門；那裡是東南，那裡是西北。左邊右面，不是青蔥，就是翠綠；不是挺拔的林木，就是盎然的綠意。右前方是木屋和荷池，拱橋和竹籬，零星的梅和竹，似乎與這片廣大的松林不成比例，讓我們不能深刻地體會到松、竹、梅，歲寒三友的意境。在嚴冬常青的松竹，在寒冬開花的臘梅，內心感應著它們有相同的價值和份量。只是此時，松竹丰采依稀，臘梅花期已過，而荷池裡的荷花呢？它果能出汚泥而不染？墨綠的荷葉，含苞的花蕊，賞荷季節未到，心中已有荷的芬芳。在葉上飛舞的蜻蜓，在池裡遨遊的蝌蚪，木屋簷上微動的茅草，啄地覓食的麻雀，在這夕陽即將西下的林區裡，抹上一把耀眼的色彩，點綴著清新怡人的春意。

原載一九九七年八月廿四日《浯江副刊》

遺憾與歉疚

我無言以對，
久久地沉思默想，
心湖中的水波，
彷若流入渤海的遼東灣，
高低起伏，
時漲時退。
何日有幸再受邀，
何時能讓我們併肩佇立在雙台河口，
同賞那片自然怡人的景緻，
捕捉心靈中最美麗的詩篇……。

一九九七年七月二日，我收到《中國文藝協會》王秘書長（詩人綠蒂）代傳眞給我的乙份邀請函——

「陳長慶先生惠鑒：

為擴大兩岸文化交流，促進詩歌發展，遼寧省盤錦市定于一九九七年八月一日，在盤錦市遼河賓館舉辦《盤錦市海峽兩岸詩學研討會》，會期五天。素仰台端詩學造詣深厚，謹此特奉函邀請您光臨大會，與各地詩人歡聚一堂，共同研討詩學的建築和發展。…………」

坦誠地說，「詩」是我文學生命中最弱的一環，但我並不懼怕要交給大會乙首五十行以內的新詩，以及一篇二千字以上的論文。能獲得這份殊榮，內心的喜悅和感慨，非圈外人所能理解。

依目前多方位的詩壇，詩人之多何止是一個步兵營的兵力。在僅有二十個名額裡，能受到邀請，不得不感謝同在文藝園地裡，走過艱辛苦楚歲月的詩人——張國治。由於他的推薦，文協才肯把這個名額和機會，給予在砲火中成長的金門人。

孩子很快地把我的資料傳眞給文協，心中和腦裡也同時盤旋著大會的論文題目《詩與自然》，自認爲有信心在出席的同時交予大會。然而，事與願違，我的總經理太太下班後，習慣地打開抽屜，檢視與我來往的信件，當她看到那份邀請函，怒目地凝視著我，變臉像變天地收起原有美麗的笑容，屋內凝結著冰冷的氣氛，强光也變成微弱；架上陳列的各類書籍，霎時已感應不出有書香的氣息，這已是風雨欲來雲滿天的徵象。

她取走了那份我引以爲榮的邀請函，我也深知它的命運，不是裝框懸在牆上留做紀念，也不可能點火把它燒成灰燼，而是用她那永遠細柔白嫩的纖纖小手，把它撕成一片片。

我看不見碎紙上是否留有朱紅的蔻丹，還是流下二滴嫁錯郎的淚水。我忍下不能忍受又必須面對的無奈，抑住不能減溫又必須冰冷的火焰。突然我想起石原愼太郎的一句話——

「你們都不瞭解我，這些笨蛋！」

然而，我們歷經三十年的朝夕相處，共度一萬又好幾個美麗的晨昏。我的人格雖不完美，但自信無缺。我的操守雖沒十全，但現實環境裡的惡習沒染上。這也是我一直感到對得起良心與列祖列宗的一件事。

一九九五年，我到過香港、海南、福州、廈門；一九七六年到過北京、桂林、重慶、武漢。她都細心地為我打理行囊，兌換美金、人民幣，還深情地祝福我旅途平安愉快。而此時，我的「護照」和「台胞證」卻深鎖在她藏著金、銀、銅、鐵、不能充飢，只能目視的保險箱。

右轉三圈，左轉二圈，再右轉一圈，然後再左轉一圈半，任她告訴我密碼，握筆的手終究還是啓不開那刻著長短線條，外鎖內鎖的笨傢伙。我深知她捨不得我遠離，彼此都已年老，往後的日子能有多少，已不能用木製的算盤和時下的電算機來計數。當然，我內心也感應到，這是愛，但似乎愛得過火，愛得冒汗。我何其有幸，沐浴在愛和幸福的世界裡。如果此生能把「情」和「愛」深鎖在保險箱裡，即安全，又可靠，旁人那有本事來啓開，除非歷經歲月的腐蝕。

曾經、現在和未來，我們同時過著幸福的歲月，美好的時光，彼此內心湧現的，是誠信和包容。她曾到過美、日、英、法、瑞士、加拿大和德國。走過這些國家的重要城市，美其名「金融考察」，「觀光旅遊」才是眞正的目的。而我只不過是在自己的國度裡，看看莊嚴秀麗的祖國山河，與文友相互研討，交換寫作心得。或許，「文學」和「金融」是兩個不同的體系；然而，參與人員高尚的情操和人格是不容置疑的。文人是「腦力」與「文字」的凝聚；金融是「鈔票」和「鎳幣」的重疊。我們都清楚，每種行業、每個團體，有美也有醜，惟有文人傲人的風骨，才能忍受孤獨與寂寞。那些高級的紳仕們，他們道貌岸然，一本正經。雙眼凝視著巴黎鐵塔，心想的卻是歌劇院裡搖擺著臀部的金髮女郎。也只有文人，才能獨自躑躅在天安門廣場，默數祖國夜空裡燦爛的繁星。

誠然，我已失去這次良機，也無不滿的情緒需要發洩。不能赴會的遺憾與對友人的歉疚，卻始終在心湖中激盪。朋友雖然同情我屈服於現實環境，文協也另行安排。當張國治遠從滾滾的遼河回來，他腦裡所思、心中所感，無一不是讓人心酸淌血的祖國情懷，在電話中久久不能言語地哽咽著，而後聲音顫抖地說：

金門人無論走到那裡永遠不會丟人，我全程參與研討、發表論文、朗誦詩歌，讓兩岸的詩人朋友同時留下深刻的印象。遺憾的是，你不能同行！

我無言以對，久久地沉思默想，心湖中的水波，仿若流入渤海的遼東灣，高低起伏，時漲時退。何日有幸再受邀，何時能讓我們併肩佇立在雙台河口，同賞那片自然怡人的景緻，捕捉心靈中最美麗的詩篇……。

原載一九九七年九月五日《浯江副刊》

同賞窗外風和雨

父親遺留給我的，
並非是從酒中看人生，
而是要我在這風雨交加的時刻
來體驗人生的眞義。
一陣微風，
一滴雨，
它們能幻化成什麼，
是我們心靈中不可缺的甘霖，
還是能煽冷熾熱的虛僞和醜陋！

從朝南的窗口凝望，木麻翠綠的針葉蒙上一層薄薄的霧氛。豆大的雨點和勁風，依然打不開、吹不散籠罩在樹梢上的白色布幕。誠然這是初秋，但並不是那秋風秋雨愁煞人的時節，而是「安珀」與「卡絲」引進的西南氣流，帶來的淒風和苦雨。

我隨興倒了一杯酒，那是四川有名的《五糧液》。送酒的友人交代再三，這是毒藥，不是補品；恰到好處、不能盡興。當然，我深知自己不是「醉仙」，亦非「酒鬼」。很久很久以前，如果喝上一小杯，就像衆神附身般地搖頭捶桌，「白花吾兒」、「紅花吾子」，找起「三姑」來。而今，一而再，再而三地淺嚐獨品，腦中已沒有「三姑」的存在。雖然不能爲我帶來行雲流水般的文思，卻深感是得了父親的眞傳。

吸菸、飲酒超過五十餘年歲月的父親，在他走完七十四個人生寒暑時，桌上擺的依然是酒和菸。年輕時想喝一杯，還得到村裡的小店舖賒欠，雖然一杯五加皮酒只要那微不足道的兩塊錢，但總要等到賣了豬、賣了羊、賣芋仔和蕃薯，才能還帳。當孩子長成，能讓他不必賒欠暢飲，勞累一生的軀體，已像老舊的時鐘，走走停停，當停在鐘面上見不到的七十二時，牽著牛、荷著犁，已步不上「宮口埕」的石階，無奈地坐在地上嘆氣。古銅色的臉龐，滿佈著一條條深深的溝渠，歲月果眞不饒人，是誰說過人生七十才開始，那是一句美麗的謊言，錯誤的邏輯，騙人的玩意。

在往後的晨昏裡，父親獨守古厝兩旁小小的「櫸頭」，以酒來緬懷已逝的農耕時光，以繚繞的菸圈來替代尚未走完的人生歲月。每當想起那幾畝即將荒廢的旱田，以及拴在樹蔭下反芻的老牛，嘴上含著菸，微嘆著氣，順手倒下一杯高粱酒，我們不明白他是輕嚐還是細品，乾澀的唇含在杯沿，發出微響的「咻」聲。朝一口，暮一口，夜半無眠時再嚐一口。菸酒不停地交替吸飲，已成了他延續生命唯一的良方。我們擔心他的肝、肺，是否能承受一天二包菸一瓶酒的高份量。有時母親趁他熟睡之際，倒下少許白開水；然而，酒的淡烈，那有分不清辨不出之理；他內心裡並沒有不悅的反應與被愚弄的憤怒，眼裡閃爍的，依然是對母親的深情、對子女的關愛。明知烈酒傷肝、濃菸傷肺，而二者均是他此生所愛，缺一品不出生命的美味，活不出往後歲月的眞義。一生承受著不能忍受也得承受的重擔，未曾苛責什麼，冀求什麼，默守的是貧困的家園，老舊的屋宇，斑剝的牆壁，白蟻啃食過的樑柱，以及一張古老的「眠床」。熾熱的心是否已隨著衰退的身軀而老化，微禿的頂上，銀色的髮絲，覆蓋住露出膚色的腦後，黑白交錯著，粗硬扎人的鬍鬚豎立在唇上。潔白的假牙義齒，隨著食慾的不振，只能聞到從齒隙間，散發出來的菸味和酒香。然而，微弱的軀體終究抗拒不了濃菸烈酒，小腿已浮腫，手扶床沿撐著拐杖也難行。推著輪椅，陪他走在醫院陰沈的長廊，枯瘦的手，交叉平放；凝視前方的是炯炯有神的雙眼，以及微風吹動的髮絲，蒼白的心田。而我沈重的步履，顫抖的手，是否能把年邁的父親推向新的未來、幸福的世界、還是讓他隨著歲月的流失而老化？

從肝功能與X光透視，醫生訝異地，也不信他一天兩包菸一瓶酒；老先生的身體狀況非常好，只讓他服了少許的利尿劑，小腿的浮腫快速地恢復正常。然而，同年的冬天，七十四歲的父親在一個寒冷的午後突告暈迷，額上冒起熱汗，手脚微抖，母親與叔嬸鄰人卻不贊成把他送進醫院，這是老年人臨終時的徵象，萬一途中斷了氣，進不了村，更是愧對父親。家人很快爲他穿上長袍馬掛，微弱的氣息歷經三夜終告停止，身軀也由微溫轉爲冰涼，沒帶走他喜愛的菸和酒，也沒留下一言半語，就那麼地走完他人生旅途的七十四個春夏和秋冬。看他安詳毫無痛苦地躺在棺木裡，果是一生中多吸了幾包菸、多飲了幾瓶酒？我思維裡的答案是否定的。總認爲人的壽命有長有短，誠然這是一個科學時代，這種論調或許要被推翻。但我們親眼目睹，世上的名人偉人，巨商富豪，身邊有專屬的醫師、營養師、廚師，卻依然逃不過纏身的病魔，免不了要走向死亡的不歸路；他們老終時所受的折磨，或許比我平凡的父親承受的還要痛苦；走時，諒必也沒有我忠厚樸實、辛勤農耕的父親那麼安詳，那麼自然。

窗外的風雨交加，幾片微黃的枯葉飄落在地面，雨水打在它們身上，滴答、滴答的響聲清晰可聽。不久，它們將隨著附身的泥土而腐蝕。濕了羽毛的小鳥在木棉的杈枒上隨風躍動。舉起銀製的小酒杯，杯外浮雕著精緻的圖案，只是雙眼已花，看不清它描繪的是什麼意境，孩子從吉隆坡帶回的。或許深刻的是馬來文化，無意對它作深一層的剖析，只感到杯中五糧液的醇香，以及從酒中，品出我內心多彩的人生歲月。誠然，父親遺留給我的，並非是從酒中看人生，而是要我在這風雨交加的時刻來體驗人生的眞義。一陣微風，一滴雨，它們能幻化成什麼，是我們心靈中不可缺的甘霖，還是能煽冷熾熱的虛僞和醜陋！

初秋的風和雨，帶來了些許清涼意，少見的秋霧，遮掩住遠方的山頭，樹梢上滴落的水珠，是一顆顆，一粒粒，還是一串串；逐漸退化的腦力已不能清清楚楚地記下它的美貌，只感到它的晶瑩、剔透。然則，迎接它的不是乾裂的唇舌，而是芬芳的泥土，以及樹蔭下翠綠的草坪。

放下銀色的小杯，凝視風雨中的新市街道，平日熱絡的商業氣息已不見，兩旁孤單的騎樓，滿是泥淖的地面，風雨帶來的不是詩情，也非畫意。微啓褐色的鋁窗，疾風夾著雨絲迎面撲來，五糧液快速地在體內冰涼。我索性乾下滿滿的一杯，雖不能品出它的醇香，卻淒然地想起父親在世時的情景，他已遠離我們三千多個晨昏，十載歲月。然而，他歷經風霜的臉龐，古銅的膚色，長著厚繭的雙手，時刻在我腦中盤旋，在心湖裡盪漾。

窗外的雨水已凝成我雙垂的淚珠，是一滴滴，是一行行，還是一串串，彷彿木棉樹下有父親的身影在晃動，微顯的是一個披荆斬棘、生我育我、扶我走過苦難歲月、散發著父愛光芒的音容。而吾父已在另一片荒郊野地長眠，他慈祥的容顏，樸實的身影，是否眞能在此刻顯靈，父子同賞窗外的——

風和雨……。

原載一九九七年九月十一日《浯江副刊》

牽網

連續幾天，
都是時序的「大流」，
明日將是秋高氣爽的好天氣，
我們將重新揹起心靈中
那張美麗的小網，
走回這片碧海藍天相連的海域，
撒網牽上我們失去的童年歲月，
以及深埋的兒時記憶……。

海水已由岸邊的鐵絲網緩緩退下，潔白的細沙隨著波浪不停地翻滾。時上時下，卻帶不走我們陷入沙灘的脚印。

踩在微燙的沙上，烈日已滲透過布製的小帽，腥而鹹的海風在帽沿上打轉，親吻著我們乾澀的臉龐。

潮水已退離了那片排列整齊、鏽而將腐的「軌條椿」，白色的蚵殼、褐色的苔蘚，滿佈在方形牢固的基座上，這也是國共對峙五十年，浯鄉此時無戰事而留下的紀念物。

經驗豐富的堂弟，放下揹著的麻袋，熟稔地解開結，取出凌亂蓬鬆的尼龍網，雖然它已陳舊，尾部亦破損；然而，主人並無意更新或修補。一旦撒下，魚兒是否會獨鍾這張老舊的破網，還是乘機從破損處游走，抑或是這張破舊的老網，想網的是那湛藍清澈的海水，以及已逝的人生歲月。

他把網夾在腋下，極其細心地一步步，往海的更深處倒退。海水已淹沒他的脚跟、小腿肚、大腿、腰際、胸前，而後停留在肩上。腋下的網像輕拍著的韻律，一尺尺地沉沒在水底。粗壯的主繩，紮著褐色的浮標，在水面上微微地晃動。盪漾的水波、冰涼的海水，在我們撒網圍成半圓時，已有魚兒躍出水面，越過浮標快速地游離，是否這張老舊的網起不了作用，網不住這大海裡微小的生命。

迎面的微風，浪拍礁岩的巨響。我們同時跨出馬步，他緊拉住網頭的繩索，我拖著網尾的麻繩、雙手承受的不是魚獲量的沈重，而是墜沙的破網，以及一顆急速想見到魚兒的心。任憑是一尾毫不起眼、令人厭惡的魨魚也甘心。

相繼地，又從網端躍出好幾尾瘦長銀白、不知名的魚兒，我們俯身，凝視著水面，雙手交替使力，每一次只能拉回二、三尺，網的沈重，拖拉時的不易，如我們肩負的生活重擔。然而，捕獲魚兒的喜悅，已在我們臉上綻放，連續丟回沙灘的是三尾烏魚，它們仍舊不死心地掙扎躍動，想重回大海的希望已渺茫。此時的人類，腦裡想的已不是慈悲地把它放生，而是它肉鮮味美的身軀。是油煎，是燉湯。可憐的魚兒，那是人們自由的選擇，如此的深仇大恨，諒來生來世，成精成妖，妳又能怎樣？

我們把它放在藍色的小塑膠桶裡，它已沒有躍動掙扎的力氣。桶裡微溫的海水，加速了它白肚的翻起，晶瑩的雙眼，光澤的鱗片，任你把它放回大海裡，仍然挽不回它微弱的生命。或許迎接它的將是咧嘴的大魚，弱肉強食也是我們人生不變的定律。而人類並沒有它們張嘴時來得光明磊落，而是明爭暗鬥、欺善怕惡。自以爲是上帝的幻化、孔夫子的得意門生，滿口仁義道德、有超人的才華、出衆的人品；而實際上，早已破產的人格竟不自知，還以爲是深受衆人愛戴、萬人拱抬的社會人士，怎能與這大海裡遨遊的魚類相媲美。

理好網，我們經過《潭內》，昔日那塊春天佈滿綠苔、冬天長著紫菜的巨石，早已在戰地政務時期，准許開採而被炸得面目全非。附近的海域，滿是石塊碎片，如果冒然下網，繩索定被巨石纏住。稍用力，不是繩斷就是網破，更別冀求魚兒能上網。昔日自然幽雅的景緻已不復見，留下的是一幅不完美、令人失望的殘景。內心悲傷感嘆的，何止是碧山村民，仰頭杳杳天、俯首茫茫海，同爲這幅殘景滴下無奈的淚水。

經過《后頭西》，走在高低起伏、巨巖重疊、長著褐色苔蘚、貼近水面的石坡上，我們極其小心，穩移脚步，將在臨近后扁海域再下網。它遙對著一塊叫《路臍》的大礁石，左右巨巖堆疊，形成一個獨立的小海灘。這兒沙白水又清，景緻怡人，果若捕不到魚，雙脚踩在冰涼柔軟的淺水裡，也倍感舒暢，難以忘懷。在這烈日當空，掬起一把海水，往臉上一灑，唇上雖是鹹鹹的，內心卻是涼涼的，人世間還有什麼能與這浩瀚自然的大海相爭豔。

掠過藍空的是海雁，它斜身低飛，快速地在海面上啄食又飛起，我們看不清它嘴裡銜著那種生物，管它是魚是蝦，抑或是隨波逐流的水草。這無際深邃的海洋，一陣微風、一波浪花、一聲濤響，遠比滿載魚蝦還讓我們雀躍歡欣。

果眞，第二次牽上的竟是幾隻叫「山就伯」的蟹類，它緊緊地、以尖銳的螯脚夾住網兒不放，伸手捉它，隨即張開另一隻利螯來夾你。我們佩服它靈活地反抗，冷血動物亦有護衛著自己的本能。萬物之靈的人類，更是滿腔熱血地高唱：打倒俄寇、殺漢奸。海灘上斜插著的軌條椿，並非是武力的抗衡，而是思想的對峙。已逝的歲月已讓敵對減溫，彼此都沒有忘記是炎黃子孫，血肉相連的苦難同胞。

攤開網，朝著「山就伯」猛踹，當它的體內噴出彷若泥漿的穢物，濺在我們的衣臉時，一股無名的腥味，是這海洋的特色；如果有不適的反胃感，不妨就嘔個痛快。然而，自幼在這片海域與山頭成長，雖已隨著潮水的退漲而蒼老，然而，卻始終無懼這海洋生態的腥鹹，以及山頭絆脚的籐籮荊棘，人生歲月的坎坷路途。

抖落網上的蟹殼雜物，初秋的炎陽依然高懸天際，對面烏黑的礁石，必須等到「大流」才能涉水而過。此刻我們也沒有膽量涉著肩深的潮水下網牽魚。而潮水已慢慢地上漲，石縫裡滿溢著白色的泡沫。水花也在左邊的巖石濺起，隆隆作響的濤聲，帶走了永不回頭的燦爛時光。望望桶裡翻起白肚橫躺的魚兒，微弱的生命就此斷送在人類手裡。有朝一日，人類是否也會遭此噩運？只是我們尙不知，命運掌握在誰的手中。

海水已淹沒右邊那塊橢圓的礁石。退潮時的淸澈，漲潮時的混濁，我們已不能佇立凝望，快速地把網收進麻袋，揹在肩上，往尚未被海水浸濕的高處漫行，以免被滑倒。整個午後，雖然只網到幾尾小烏魚，然而海的浩瀚，漲潮時的澎湃，退潮時的祥和，沁涼的海水，自然的微風，在庸俗的城鎮裡豈能尋到。尤以這功利社會掛帥的今天，人們冀求的是官能的享受，早已與山海絕緣，更不會頂著烈日，在這片深埋著兒時記憶的海域牽網。甚至把隱藏著濃厚鄉土味的「牽網」，也寫成了「牽罟」。誠然，「罟」是網的總稱，也是眼密的網，浯鄉的老漁民有誰能聽懂！

老阿伯，我們下海牽罟。

因此，當我們在媒體上看到「牽罟」這兩個字，內心已感應不出有一絲兒傳統的鄉土味。只是兩個生硬的語詞、重疊的文字，欠缺了那份自然衍生的親切感。因而，我們認爲同樣可表達的文字，如果能考慮到鄉土民情，自然意象，更能品出傳統的鄉土氣息。何須用那不常見的字彙，來凸顯自身的博學。

走回《潭內》，站在那堆沒有美感的亂石上，太陽已偏西，潮水已漲到「軌條椿」即將鏽蝕的頂端，露出一節整齊尖銳的黑色鐵軌。軌上寄生的蚵類，在烈日的映照下，反射出一絲微弱的光芒。連續幾天，都是時序的「大流」，明日將是秋高氣爽的好天氣，我們將重新揹起心靈中那張美麗的小網，走回這片碧海藍天相連的海域，撒網牽上我們失去的童年歲月，以及深埋的兒時記憶……。

原載一九九七年九月廿六日《浯江副刊》

友情不是無情物

誠然，
人生沒有幾個三十年，
而你心中卻是繁花一片，
天國之梯，
老哥哥將先行攀登，
無論來生來世，
我們終將以赤誠之心，
默守著這份——
沒有花香、酒香、魚肉香的
淡淡友情……。

朋友，連續好幾天，北風日夜呼嘯，微黃的枯葉落了滿地，在那片已禿了的草坪上，狂飆飛舞。

依時序的運轉，此時只不過是中秋過後的秋分，不管是寒露早臨，抑或是雪霜早降；田埂上，迎風招展的是白茫茫的菅芒花，雖然有少許綠葉陪襯，畢竟敵不過殘酷的寒冬。當然，嚴冬過後，終將爲我們帶來生命中燦爛耀眼的春天。

恭禧你榮獲《師鐸獎》，這份得來不易的獎項，如果沒有你多年辛勤地耕耘，無怨無悔地犧牲奉獻，焉能通過嚴苛的評審，獲得最後的肯定。你的「豐功偉績」媒體已作了詳細的報導，此刻若再重複，也將失去意義，只想分享你這份榮耀，以及獻上乙份誠摯的祝福。

三十年淡淡如水的君子之交，沒有繁花點綴，也沒有包袱要我們背負；心存的是友誼底馨香，以及彼此對文學的熱衷、寫作的狂熱。誠然在那塊園地裡，我們曾休耕，曾畫下了心中無奈的休止符，而你隨即展現另一頁新史，彙編出浯鄉的古代農具，擺在眼前的，全是童時的記憶。我們犁過「田」，擔過「粗」，撖過「番薯股」；「三齒」、「鋤頭」、「粗桶」、「簸箕」是我們童年的牽手和伴侶。然而纏身的俗事，讓我們沒有餘暇來緬懷過去，在內心裡激盪的，也只是一份濃濃的鄉土情、純樸的蕃薯心。

歲月已掠過我們烏黑的髮絲，染成了雪霜的鬢邊。那年冬天，我和心銘受邀參加你孿生弟弟的婚禮，你冒著刺骨寒風，霏霏細雨，在古老的沙美街頭等候。我們愉悅地拉著手，經過萬安堂，走出西溪仔口，沿路瀏覽那片寬廣的田野，牧放在田埂上的牛羊；欣賞了田墩的古厝、浯坑的東番仔樓，而南邊那條黃土路，正是通往盛產蚵與鹽的西園村。我們佇立在那條窄小的土堤，遙對著金龜山，而山頂上的「紅赤土」，深埋在土裡的果是黃橙橙的金礦，還是晶瑩剔透的玻璃砂？那時我們都缺少了對它的認知，高估了紅赤土上，那幾株零落的山林，而品不出泥土裡的芳香。

臨村的風獅爺，村前那片橄欖綠的帆布覆蓋著亮晶晶的食鹽，古老的屋宇，福州師傅精雕的門窗，我們還親眼目睹了鋪著瓦片、水波盪漾的鹽田。冬天雖非曬鹽的季節，但仍有少許的鹽工，捲起褲管，在窄小的堤上走動，未成熟的思想，讓我們品不出這幅迷人的景緻；而此時在我們記憶中顯現的，是否昔日那份情景，是否能品出更高的意境，還是隨著鹽田的沒落荒廢而失色。

那晚喜宴過後，窗外依然斜風細雨，你燃起右廂房桌上的「土油燈仔」，細小的燈芯，照亮了雨夜裡的漆黑，我們擠在那張古老的「眠床」，睡意已被興奮的心情驅離，從心銘發表在《金門月刊》的新詩〈雨季〉，從你刊在《新文藝月刊》的散文〈溪流的懷念〉，以及我發表在《青年戰士報新文藝副刊》的小說〈雨天，我想起南方來的那姑娘〉，彼此談論創作的動機，欲表達的意象，而後在笑聲裡，串連了「詩聖」、「散仙」、「說客」，也代表著我們向詩、散文，小說努力、奮發、挺進之雄心壯志。純潔的心靈，未曾受汚染的思想，卻無懼於被現實批評漫罵；那份對文學的狂熱，或許遠勝過桌上「土油燈仔」，散發著光與熱的燈芯。突然間，心銘冒出一句警世之語——

愛花的男人才懂得愛女人。

我們的心仿若一張未曾著色的白紙，難以理解他語中的含意，所謂「花」是草木之「花」，還是「花心蘿蔔」的「花」，讓我們一臉茫然，滿頭霧水。而他是否愛花呢？還是眞懂得愛人？當然，他懂。也同時在他那百花點綴的青春歲月裡，留下一頁令人驚嘆、無法忘懷的詩章。

桌上「土油燈仔」的光亮已逐漸地轉弱，是否「土油」將盡，還是燈芯已燼。另一頭的廂房裡，新娘新郎的好夢正酣，埋怨良夜苦短已是必然，而我們是否嫌這夜過長？朦朧中被窗外的一絲微光驚醒，屋外雨已歇，走在石礫瓦片舖壓而成的「巷仔溝」，「門口埕」覓食的雞鴨，村婦正在竹籬裡的「菜宅」拔草除蟲，老農已牽牛荷鋤準備下田，古樸的農村晨景，年少時內心感應不出它的美貌，笨拙的筆也難以表達描述它的華麗，盈滿著依依不捨的離情，揮別這個純樸的農村和鹽莊。

繼而地我們常在新市里，你二哥搭建的瓦房相見，房裡擺滿著「孵豆芽」的大缸小罈，缸上蓋著笨重的麻袋，一口湧出清泉的古井，就在床頭，潮溼、陰暗、又有霉味的室內，你為了求取霎時的寧靜，以及運用牆上那盞燈光，躲在蚊帳裡，也躲開那嗡嗡作響、一螫即紅腫的大斑蚊；俯在床上，一字一句，寫出青春歲月裡最美麗的篇章。雖然自認不能寫出像司馬中原那種氣勢磅礡，有草原有沙漠、有寒風有大雪、有刀有槍、有血有淚的作品，而此時，面對的是舒適的桌椅，柔和的燈光，華麗的書房，心中腦海，卻被世俗所佔有，是否能寫出像三十年前那些可愛的作品，儘管它不成熟；然而，在自認成熟的此刻，又能在我們生命的扉頁裡，記下些什麼？是光輝燦爛的歷史，還是一片空白。在這片寬廣的園地裡，也毋須刻意地冀望旁人的認同，望高空、吹氣球、撕掉稿紙扔掉筆，那有我們來得愜意。

已逝的三十個春夏和秋冬，感謝歲月讓我們成長，成長換取而來的是雪霜的鬢邊，川字橫寫的額頭，以及那一片苦澀蒼老的心田。而我們無怨無悔，兩次的祖國之旅，你暫時地放下古文物的探尋，重拾闊別三十年的文學之筆，一系列的《馳騁夢土》相繼出爐，我們也清楚，遊記不僅是景物的描述，亦是親身的體驗，更是內心眞摯的感受，並非像流水帳似地，記下某年某月的某一天，阿公到過天津和大連。從你《掬起一把黃河土》到《黃山歸來》，你心存的，所寫的，已超越了觀光遊記，而是一份強烈的祖國情懷以及一篇幽美的散文。雖然我無緣到黃山，遊黃河，但從你的作品中，讓我感同身受，願我夢中也能掬起一把黃河土，俯身飲口黃河水。

朋友，歲月悠悠，當你邁向生命中的第五十個春天時，今年的春花開得更燦爛、更芬芳，除了重拾文學之筆，又榮獲教育界至高無上的榮譽——《師鐸獎》，在獻上誠摯祝賀的同時，也同時記下我們平淡歲月裡的淡淡情誼。誠然，人生沒有幾個三十年，而你心中卻是繁花一片，翠綠盎然；天國之梯，老哥哥將先行攀登，無論來生來世，我們終將以赤誠之心，默守著這份——沒有花香、酒香、魚肉香的淡淡友情………。

原載一九九七年十月十一日《浯江副刊》

慈母光輝

獎牌上清晰地寫著：
「品德賢淑、懿行可佩」，
雖然是簡短的八個字，
卻是母親的象徵，
顯母親慈愛的光輝，
是一道幸福耀眼的光芒，
照亮失去母愛的任何一方……。

八十高齡的母親，今年榮獲金沙鎮公所選出的「模範母親」。從媒體的報導中，那是因爲沾了我那位「從軍報國」、官拜憲兵中校科長的弟弟的光。（當然，老人家是無黨無派的老阿祖，不必忠黨，愛國是必然的，思想絕對純正。）

她與其他村里選出的模範母親併肩坐在椅上，慈祥的容顏，端莊的姿態，雙手棒著獎牌讓記者先生拍下永恆的榮耀。然而，受完獎，她並沒有把這份象徵著榮譽的獎牌懸掛在大廳向鄰人炫耀，而是掛在廳後木製窗框下的一根鐵釘上，另一邊則掛著一面是「桃」一面是「龜」、側面是「銅錢」與「魚」的木製「粿印」，左下方排列的五個大缸，已沒有「蕃脯糊」、「蕃薯簽」、「土豆」可儲存。

自從父親逝世後，山上那幾畝旱田早已是雜草叢生，變成了荒埔。母親也不願赴臺依靠我經商、習醫、從軍有成的兄弟，更不願到新市里，與我生活在窄小的空間裡，她獨守老家樸實的古厝，自行料理日常生活起居，在門口埕的古井旁，種了一小坵四季蔬菜；在破舊的牛欄裡，養了雞鴨；又用廢棄的木條竹竿，搭了一個小棚子，好讓瓜藤往上爬。每當瓜類的綠葉爬滿了棚頂，黃色的花蕊過後是一枚小小的果實，從棚頂的空隙處墜下，爲了防止蚊蟲的咬螯，母親會用膠袋小心地把它裹住，收成的蔬果，總與左鄰右舍同享，適時的活動筋骨，不求物質的享受，保持心身的歡愉。老人家身體硬朗，精神愉快，一些等待茶來伸手、飯來開口、冀望著子女奉持的老年人，實在難以與她相媲美。

在古樸的農村，不管新舊年代，母親在村裡扮演的已是一個不能缺少的角色。在已逝的苦澀歲月，醫藥的落後，生活水準的低落，經常地在夜半三更，被急促的敲門聲驚醒，她擔負的是有勞無酬，只許成功，不能失敗的助產婆；雖然衛生設備不足，用的又是傳統接生的古老方法，卻從未出過任何的差錯。當她拖著疲憊的身軀，踏上漆黑的路途回家，臉上依然掛著繁星燦爛般的笑靨。果若生男，十二日娘家來做「月內」、滿月的「煮油飯」、週歲的做「紅龜粿」，不管農忙家務忙，別人優先，沒有自我。適婚男女的喜事，從訂婚時的「芋子芋孫」、「韭菜頭」、「犁頭銼」、；結婚時的五分金子「答」幾兩肉、殺豬羊敬天公的附屬「五牲」、「菜碗」，母親進進出出，儼然總管、更像嫁娶的是自己的兒女，這雖然是些小本事，但也非與生俱來，必須接受老一輩的指點，自己細心地揣摩，加上個人的智慧和學習，事到臨頭，才不致於手忙脚亂。

在教育不普及的舊日時光裡，婦女的文盲比率相當高。然而，外祖父是地區德高望重的地理師，外祖母早逝，只有母親這位獨生女。他精通「擇日」、「靈符」、「風水」，桌上擺的是「通書」、筆、墨、硯臺和色紙，每有鄉親來相求，總會送個三、五元的小紅包，給他老人家「呷茶」。母親雖然沒上過學堂，卻在外祖父身邊耳濡目染，認識了不少字，日常的書信，報章雜誌，除了一些較艱澀、不常見的語辭外，一般文字是難不倒她的。當然，幾十年沒握過筆，不能像拿鍋鏟炒菜時那麼靈活，婦人家也不能隨著外祖父學起畫「靈符」、看「風水」，然而她卻學會了「判時」，鄉村寬廣的活動空間，鄉下的孩子也較好動，依目前的醫療知識是流了汗，著了涼，發燒、感冒，造成身體的不適；而那時則認爲是踩到「冊仔」（不乾淨的地方），當鄰人有求於母親，她會伸出手指，在指上換算，口中唸著：子、丑、寅、卯、辰、巳、午、未，當有了結果，會告訴對方是在那一個方向踩到「冊仔」，必須依當事人的生肖，準備「代替」乙雙、「壽金」一百、「香」三條，在身上「交」七下，備「順盒」（糖果或餅乾），走十六步，就地拜拜，焚燒「金紙」。誠然，在科學昌盛與醫藥發達的今天，誰會相信這一套；但在那時，卻有不藥而癒的奇蹟。這並非是求神問卜，或不求實際的迷信；而是精神上的慰藉，尤其是在那個完全沒有醫療設備的時代裡，更需要一些傳統的民間療法；就彷若我們現代人，在事業官場失意時，找個懂得命理的假半仙，爲自己改改運、卜卜卦。明知起不了作用，卻也心甘情願。

母親在我讀小學時，生了一場大病，嘔出許多鮮血，在十分危急的時候，父親要我趕緊到沙美稟告外祖父，萬一有了三長兩短，將讓老人家怪罪終生。我眼眶盈滿著淚水，除了擔心母親的病況，走那麼遠的路，更讓幼小的心靈心生懼怕，沿途必須經過東衍村後那片陰暗的樹林，以及西吳村郊那個破損而棺木外露的墳墓，跑跑停停，停停跑跑，淚水與汗水濕透了母親用麵粉袋爲我縫製的衣裳。臨近東蕭，看到豎立在草埔上的石柱，已知是一半的路程。流多了淚水、汗水、鼻水，喉嚨已有了乾燥沙啞感，萬一讓外祖父見不到母親，怎麼辦？我必須加快脚步，而當佇立在老人家面前時，更是哽咽地出不了聲，也讓重聽的外祖父不知所措，焦慮萬分，當他聽清了我的來由，眼眶已紅，他默不作聲地杜著枴杖，牽著我的手，走在金色的秋陽下，走在荆棘滿佈、蜿蜒崎嶇的山路上；而老人家的到來，是否能減輕母親的病痛，或是讓她即速痊癒。我始終無從理解，只深感他們父女眼神相互交會時，所衍生出來的火花，是一道無所取代的光芒。一向自認爲堅强的母親，淚水已濕了頭下的花枕。所幸，善良、熱忱、爲善不欲人知，終能感動蒼天，把纏身的病魔驅離。苦痛的晨昏過後，美好的時光已臨，雖然過的仍舊是貧困的農村歲月，但母親臉上始終綻放著幸福的笑容。

父親在走完人生的七十四個春天時，離我們而去。那時母親已七十高齡，她沒有一般婦人喪偶時的嚎啕大哭，在堂嬸的協助下，親手爲父親穿上了簇新的壽衣，當棺木抬進大門，要我們兄弟下跪恭迎父親的「大厝」；在大殮時，除了塞滿金銀冥幣，並放進父親在世時，最喜愛的煙和酒，倘若父親地下有知，也會倍感溫馨。

爲了家的和諧，給子女留下好榜樣，父母親始終默守著古老的屋宇和旱田。五十餘年的相處、相知、無爭、無吵，雖然不能讓子女接受完整的學堂教育，但忠厚勤儉、詩禮傳家的家訓，讓後輩受用無窮。母親雖年屆八十，仍然本持初衷，村裡的婚喪喜慶，依舊熱心參與，雖然已較以往簡化，然傳統的習俗，不得不遵守；儘管我們身處在一個開放的社會，高水準的生活，高一等的物質享受，但如沒有一顆熱忱的心，高尚的品德和操守，敦親睦鄰，教育子女，寬大包容的胸懷，只憑藉忠黨愛國、思想純正，而得來的某些模範，必也失去它的意義。

誠然，普天下沒有不是模範的母親。至少在子女的眼中是如此的。然我母親的爲人處事，熱心鄉里，相信碧山村的鄉親父老，只有肯定，沒有否定；身爲她的子女，也分享了這份榮耀。獎牌上清晰地寫著：「品德賢淑、懿行可佩」雖然是簡短的八個字，卻是母親的象徵，願母親慈愛的光輝，是一道幸福耀眼的光芒，照亮失去母愛的任何一方……。

原載一九九七年十月十七日《浯江副刊》

太湖深秋

秋夜的寒意，
儼若初冬般地湧向心頭，
我身處的是無盡頭的最高點，
湖水卻在低窪處漫流，
然而流走的可曾是無情的光陰，
還是燦爛的歲月？
當它流向最終點，
也是生命泉水枯竭的時刻。
我們是否有勇氣重尋
生命之泉的源頭…………。

距離愈近的景物，愈不珍惜它的存在；
愈近身旁的花卉，卻品不出它的芬芳。

重臨盈滿秋水的太湖，是在時序霜降的一個晌午，踏上石階，面對的是一尊英姿煥發的偉人塑像，內心自然地衍生一份虔誠的敬意，儘管他的功過，史學家有不同的認定，然而從小到大，聽多了萬歲、萬歲、萬萬歲，看多了古厝牆上句句令人心悸的標語。四十年的敵對纏鬥，最大的輸家首推淌著血、流著淚的同胞，以及那片變色的山河。誠然，歷經歲月時光的映照，山巒已萌起嫩綠的新芽，河水也由混濁轉爲清澈，人們心存的已不再是敵對、仇視；只有那些滿口仁義道德的大人們，自行設防束縛，近在呎尺的路途，讓我們如浮雲遊子般地遨遊蒼穹。

圍籬下是一行墨綠的龍柏，飛揚的塵土，已把它的針葉染成米黃，祈望中的秋雨，卻始終無緣降臨在這片乾旱的草地，洗滌塵封已久的田野、林木。松樹蔭下的那株矮小的龍柏，是誰無心或有意，把它美麗的容顏、茂盛的綠葉、橫生的枝節，燒成焦黑一片；是否只有如此，才能與這秋的季節相搭配，僅留尾端那幾片即將枯黃、卷曲、變形的葉脈，能重燃生機、延續生命，仰靠的是季節的變遷、春風的輕拂、春雨的滋潤，始能重新萌起新芽。在這片怡人的湖沼邊緣成長茁壯。我們無意深一層地探尋它生存的價值，如果地上的灰燼能化成一堆沃土，綠化這片被摧殘過的林木草地，該有多好！

依常理判斷，草地與林木是在湖的堤畔、低窪的濕地，它粗大的主幹與密佈的綠葉，不是煙蒂小火可引燃的；方才假設是人們的無心過失，此刻卻認定是故意引燃。我們都清楚，隨著教育水準的提高，生活的富裕，公德心卻已敗壞；燒焦一棵林木、一片草地，雖然是大地上的損傷，然而，林木的根部卻深植在泥地裡，依然能延續生機未絕的渺小生命。

人世間，大地上，雖有動物與植物、冷血與熱血、人性與獸性之分，但一旦失去人性，將比野蠻的獸性更可怖；滿腔的熱血，如果追求的不是正義，空有四維八德，與冷血的動物又有何兩樣？誠然，我們蒞臨這湖畔，希冀的是自然的微風、怡人的景緻，盪漾的水波、柔美的草坪、挺拔的林木，對人性的剖析，似乎偏離了所欲描述的意象。

湖中的小島，已退化的記憶，苦苦思索不出是《光華島》還是《同心島》？島上的歇腳亭，已被林木雜草所圍繞，從南岸凝望，只露出紅綠相間的鳳簷麟角，以及隨風搖曳的林木。我們依稀記得，在湖剛竣工的初期，備有幾艘小舟供遊客乘划，伸手也可拍打著清澈的湖水，濺起小小的水花，讓遊人領受湖中的浪漫和柔美。而今，隨著工商業的發達，湖的源頭是山外溪，溪水已失去原有的清澈，漂流入湖的是混濁惡臭的水質和污泥淤沙，讓它失去原有的光輝，任滿岸的春花、滿湖的夏荷、堤上的秋楓，也不能襯托出已失的美感。只有那秋陽映照下的湖水，微動的漣漪，貼近水面的柳葉，寄生的水草，才能把我們鬱悶的心緒，提昇到一個忘我的意境。雖然，我們不是美學家，賞析的角度和心情亦有所不同，但對美的詮釋和認定，卻是與生俱來，諒世間的人們也將與我們同好，追求生命中永恆的美，不是醜陋；追求人生中唯一的眞，不是虛僞。

湖的右堤，茂密的木麻樹旁是一塊小沙洲，人們並沒有刻意地把它剷除，讓它默默地、毫不起眼地護衛著巨石堆疊的基座；而那些毋須播種自行生長的菅芒，卻在這深秋的季節裡，輕飄著白茫茫的小花朵，花上微小的黑點，可是綿延生命的種籽，它能飄多遠？何處是它寄生的土地，何日能萌起生命中的新芽，展現在這片自然的原野，與花草林木齊唱，與蟲聲蛙聲共鳴。然而，它的母體已不再青翠，尾隨著花開而微黃，是時序的變換，抑是季節的摧殘？當冬盡春來，新芽萌起，將繁衍成青蒼翠綠的一片片，而非零落的一欉欉。

臨近水域，是一片青青的「苦螺根」，那是生命力最頑強的草本植物，農田裡、溝渠旁、田埂上，它的綠葉雖是老牛所愛，而分叉的根部卻延伸得很深很廣，緊纏著田裡的作物，若不即速地拔除，作物必定枯萎而死。湖畔上的苦螺根如讓它繼續與湖爭地，美麗的湖泊終將縮短它的壽命而失去光彩。誠然，它那微黃的枯葉，是這深秋裡的嬌娘，遠望是金色一片，近看猶如金針花開，在這深秋蕭瑟的季節，我們也毋須過分苛求，也不冀望它能帶給我們什麼，僅憑這溫煦的秋陽，輕飄的落葉，無從選擇地踩著它的脚步走。沿途是與秋爭豔的扶桑花，常年翠綠的木麻黃，盪漾的湖中秋水。雖然歲月摧人老，但在這金色的秋陽下，彷彿蒼老是湖中的深秋，而不是自己；彷彿是深秋裡的枯枝落葉，而不是自己的心田。年輕時虛幻的春花秋月已不在此時的夢境中出現，這是象徵著成長，還是已走在人生的黃昏暮色中。

湖的東邊，是石塊砌成的斜堤，幾根水草隨風漂動浮游，它枯黃的身軀已沒有生命的痕跡，任由歲月的腐蝕，水波的逐流，而何時才能沉沒在水底，已不是這深秋的時序可定奪。它必須再忍受殘酷的寒冬、無名的酸素，倘若能被風浪吹上岸，也將成爲鳥類的窩巢。

抬頭仰望，是遠方巨巖重疊的山頭。山巒裡的林木、籐籮，青蒼翠綠依然。幾隻野雁，掠過蔚藍的天際，幾朵白雲，遊過另一個山頭，這湖沼裡的秋日美景，不該由我孤獨的老人獨享，而又有誰願意忍受寂寞的煎熬，陪我在秋陽下沈思、獨語。

重新躑躅在環湖的堤畔上，秋陽已褪祛金色的彩衣，無力的雙脚，阻住我快步急行，似乎有意讓我更深一層地賞析這深秋裡的黃昏景緻。

木麻樹上是一片片雲彩，偉人的塑像也抛在我腦後很遠很遠。路旁的枯枝雜草，堅硬的水泥路面，待何時秋月方能映照我孤獨的身影。微藍的湖水，倘若是我心中的冷泉，血液將凝固成冰山，棺木裡的屍體也將僵硬，我將幻成一位自由的思想者，思索出人生的茫然和空洞。

過了拱橋，迎我的是幾株隨風搖曳的棕櫚樹，秋風並沒讓它枯黃，只讓葉脈分叉。秋陽已被暗淡的暮色取代，內心已不能承受這凄愴的夜暮，右手輕撫冰冷的涼亭石柱，環湖的林木雜草已不見，幾聲蟲兒的吱喳，劃破寧靜的秋夜，仰望遠方的蒼穹，不見秋月露面，只有繁星閃爍。閘門那端傳來潺潺的流水聲，卻不見如鏡的水波，小小的浪花。

依時序的轉換，這是深秋與初冬相映的季節。秋夜的寒意，儼若初冬般地湧向心頭，我身處的是無盡頭的最高點，湖水卻在低窪處漫流，然而流走的可曾是無情的光陰，還是燦爛的歲月？當它流向最終點，也是生命泉水枯竭的時刻。我們是否有勇氣重尋生命之泉的源頭，還是不能與不可能的重疊。

皎潔的明月已冉冉地昇起，何時何日能讓生命中的春花再綻放，果眞要等待冬過春來，倘若春天已失，春花不在心中含苞待放，我們是否乃願默守著這深秋的月夜，甘心與這方景緻，同生共死…………。

原載一九九七年十一月十二日《浯江副刊》

羅姐

願她在濟公師父的庇蔭下，
能飛舞在這片燦爛的大地，
雖不能成仙，
亦不能成佛，
但願她是寒夜裡、
燭光下、
獨自撲閃的秀蛾…………。

第一次聽到「羅姐」這二個字，是孩子電話中純眞的音韻。原來她們口中的羅姐，竟是我喚她「老羅」的那個女子。若依輩份，孩子應該叫聲「羅阿姨」，但她們卻隨著她那些道親道友來稱呼她。

以美的觀點來說，顯然地老羅此生已與「中國小姐」絕了緣，然若在五十年代，卻是媒婆爭相物色的對象：她生得一付「粗勇」的身材，保證「軋車」、「牛」、「犁」、「耙」、「粗桶」、「鋤頭」、「簸箕」樣樣行；而幸運地，她卻生長在一個幸福的年代裡，在父母的呵護下成長、在政府的德政下受教育，在自由戀愛的熱浪下，更選擇了心靈中唯一的伴侶，及永恆不渝的愛情。

認識老羅，是在她們夫妻接手「聯合報系」《金湖辦事處》時，爲了爭取零售報的據點與長期訂戶，她們使出渾身解數，運用父母賜予的智慧，讓金門的派報業風雲密佈，烏天暗地，除了打破獨家壟斷的陋規，更引進了當時標榜「無黨無派、獨立經營」的「自立報系」。在戒嚴時期，她們並不懼怕遭受安管單位調查盤問；然而，報紙卻經常遭受扣留，日報變晚報，晚報變隔日報，心中除了無名的氣憤外，夫妻倆總會來找她們心目中的「伯伯」，訴訴苦，而我除了給予開導與安慰外，無奈就彷若我橫豎的皺紋，在老舊的臉龐深刻著。

好長的一段時間，她們夫妻主任兼送報生，騎著機車，大街小巷穿梭著，但並沒有把報務拓展開來，光靠那三、五百份的報紙，也不能維生，索性兼營當時極為盛行的素食館，並拜「濟公」為師，求道修行；不知何時，派報業的朋友們，給他取了一個綽號——叫「兩光」。

「兩光」雖然是一個不太文雅的稱呼，卻凸顯出他為人的正直，「襯菜」隨和的個性，他並不以為忤，依然笑咪咪地接受著。也因此遮掩了他原有的名姓，老羅也名正言順地成了「兩光某」。原本就大而化之、不善理財的他們，卻秉持著樂善好施的傳統美德，送出去的報紙收不到報費，從不計較；批發出去的素食品收不到錢，也無所謂，反正我家有報，大家看報；鼓勵素食即能健康，又能長壽，久而久之，終將要成為濟公師父的信徒——「呷菜拜佛」。

求道、拜佛，雖然不能讓他們財源滾滾，卻能從其中悟出許多眞理。老羅的廚藝雖然不算高明，但生米畢竟能煮成熟飯，米粉邊上加點蕃茄醬，味道更美、玉米蛋花湯灑點蔥花，倒也色香味俱全；然而，在施勝於受，與自由付費的情況下，終於貼出了「整修內部、暫停營業」的紅紙條。歷經素食封館的大悟，夫妻倆專心投入報業的拓展，鴻圖大展地引進了「中時報系」與自稱全國第一大報的《中央》，以及後續發行的《自由

》、《大成》，大本營在高雄的《大衆》、《臺時》，軍系的《青年》、《臺灣》，注音版的《國語》、《兒童》，肩掛著十五種大小報的「金湖辦事處主任」頭銜，重新建立完整的會計制度；從此，雖然我家有報，卻不再讓人免費看報，衆家朋友都必須付費才能看報。如此歷經幾年的辛勤耕耘，汗水由老羅的腮旁，濕透了兩光的衣裳，由當時單一的「聯合報系」，到現在涵蓋了國內重要日晚報，總份數已超越三千，正邁向四千前進，十位送報生擎舉著「兩光」的旗幟，爲鄉親們傳遞最新的訊息。

在事業有成的同時，兩光想爲鄉親服務的熱誠更是熾烈，在他「過氣」的老長官拍胸脯、打包票下，他投入了「鎭民代表」的選舉：當然也在老長官的指示下，先擺幾桌酒席連絡連絡革命情感。然而，開票的結果，老長官的「地頭」，得了吐血的七票，如果扣除伯伯投他的一票，實得六票。這寶貴的六票，讓兩光深刻地瞭解社會的現實、人心的險惡、老長官的爲人。在老羅貼心的安慰下，不如意的事如過眼雲煙般地消失得無影無蹤。我曾經告訴他，爲民服務並非是某些民意代表的專利，只要具備一顆熱忱的心，不具任何身分依然可行。如果虛有其名，爲本身的利益而選舉，包山包海、運用特權，不是我們此生所該追求的。在戰地政務時期，我曾經爭取出缺的鄰長寶座，副里長認爲我的學歷不足，識字不多，不能爲里民服務。我只好爲自己加封爲第九鄰的「鄰民代表」，爲比我更不識字的鄰民寫了許多申請文件和書信、從卡車上抬下隔壁登貴叔笨重的棺木、在一毛二的警員命令和監視下，我兩分鐘內把甬道和騎樓掃得乾乾淨淨；我身爲「鄰民代表」，心甘情願地爲鄰民服務，也是左鄰右舍心目中的「社會人士」，雖然沒有可以耍弄的「特權」，比起那些要選票才能見到面的超大民意代表，自覺踏實多囉！

我簡短的陳述，他們夫妻也頗有同感，不再爲追求虛僞不實的那些頭銜而沈迷選舉，眞心赤誠地爲鄉親服務，全心投入對濟公師父的信仰，濟貧救世、扶老攜弱、行善佈施、廣結善緣，爲親朋好友釋道解惑。眞是所謂的「好人不長命」，兩光卻因積勞成疾，敵不過纏身的病魔，走向另一個遙遠的極樂世界；外型粗勇、心地善良細密的老羅，並沒有因喪夫之痛而倒下，反而表現得更粗勇、更堅强，扛起生活的重擔，教育未成年的子女，繼承夫志。她始終堅信夫君時刻都陪伴在她身邊，並沒有離她遠去；他的靈魂也因得道而神遊天國，絕不是在地府受苦難。然而，人是否眞能得道神遊天國，眞有天堂與地府之分，或許在這險惡的人世間裡，我們尚領悟不出，感應不到有佛的存在，毋寧說我們所積的善、德還不足以讓我們神遊天國。倘若有一天，我們積夠了善與德，誰將引導我們上天堂？這是身爲自由思想者，所不能預知和理解的問題。

兩光往生後的週年，老羅也逐漸褪去素衣素服，穿上時髦的洋裝，擦了口紅，抹了腮紅，剪了時下流行的赫本頭，足登三吋高跟鞋；雖然沒有白嘉莉的丰彩，倒也有方瑀的端莊婉約。以前的蓬頭散髮、牛仔褲配拖鞋、報社救濟的外套裹著粗勇的身軀，如果不是甜美的音韻，倒像是五十年代在后浦街頭常見的「小春」，或者是女扮男裝的「臭表」。

老羅幾乎每天都要經過新市街頭，從沒忘記要停下「好馬七四七」，伸頭揮手，叫聲「伯伯」，有時也叫聲「阿公仔」。然而，每看到她妝扮得花枝招展，我會毫不客氣地尖聲嚷著：

老羅，自從妳尪往生，妳就變款，抹胭脂、穿新衣、戴金戒指，打扮得又妖又嬌，妳尪在天堂看了，也要生氣！

幾句尖酸刻薄的玩笑話，她非但不生氣，還樂得哈哈大笑，她解釋說：擦口紅是禮貌；不是穿新衣，而是舊衣新穿；無名指上的戒指是在防小人。當然，身處在這個不完美的社會，小人處處有之。她說在兩光逝世不久，就有人打電話騷擾，更有在離島自認爲是帥哥劉德華的鄉親登門求親；這些可恥的小人，以爲寡婦好欺，實際上他們看錯了老羅，她身懷「八卦三合功」、「南拳北腿」、「跆拳」三段、「空手道」四段，只是深藏不露，並非好欺。誠然她有十八般武藝，卻堅持眞人不露相，今天公告讀者週知，並非她所願，內心裡或許暗罵：

夭壽伯伯，臭彈！

當然，我也深知，六法全書裡並沒有專治「臭彈」的條款，然「害人之心不可有、防人之心不可無」，人與人的相處應當相互尊重，別忘了今日你欺人，明日終將被人欺；在人世間所作所爲，老天一目瞭然，由不得你隱藏瞞騙。

老羅此生最大的心願是憑著自己的能力，修建佛堂，以她對道務的熱誠，道義的精通，相信不久就能實現。尤其她那些道親道友更儼如兄姊般地相互扶持，羅姐、牛兄、羊兄、馬姐，親切悅耳的稱呼，處處可聽；然而，人們對宗教的信仰，並沒有銘刻在臉龐，管它原先信仰的是基督、天主、佛祖、天公，生人、熟友，老羅總會誠懇地相邀，一起去求道，從道中重新肯定生命的價值、生存的意義。誠然，我們並不能接受與理解它能爲我們短暫的人生歲月求得什麼？至少，我們必須肯定那份虔誠的心，爲社會的祥和而求道，爲喚醒逐漸泯滅的人性而膜拜，並非爲自己成仙而祈求。語雖如此，但我始終信守的是自由思想，我心中有佛、有天主、也有耶穌，口中能默唸阿彌陀佛、也能把阿門朗朗上口，不管老羅用任何尖銳的語辭來激勵我，是否眞能得道上天堂，自由信仰已在我心中根深蒂固，她想引領我入道門，那是在遙不可及的深邃處。

孩子口中的羅姐，雖然只是人世間一個渺小的角色，現實社會中的平凡人物。當她失去生命中最珍貴的夫君，如同在人生歲月裡失去春天，可是她並沒有掉進悲傷痛苦的深淵，而是重新規畫未來，找回生命中永恆的春天；投身在報業與佛道的世界裡，祈求佛光普照衆生，帶給我們眞善美的人生歲月，願她在濟公師父的庇蔭下，能飛舞在這片燦爛的大地，雖不能成仙，亦不能成佛，但願她是寒夜裡、燭光下，獨自撲閃的秀蛾：：：：。

原載一九九七年十一月三十日《浯江副刊》

陪君走過木棉道

天國之路程迢遙，
雙旁木棉綠葉亦已枯黃，
新市里離你愈來愈遠；
老哥哥已陪你走過木棉道，
人間雖難再相見，
天堂總有會面時，
朋友，請好走。
當你抵達西方的極樂世界，
勿忘向我招招手……。

我始終不明白，時序的小寒，爲什麼會有春霧的瀰漫；也讓我不相信，在你時值英年，爲什麼忍心拋下高堂、別妻離子，獨自西歸。人生的際遇或許有所不同，壽命的長短也因人而異，但你堅強的意志、頑強蓬勃的生命力，爲什麼那麼輕易地被病魔吞噬？當友人輾轉告知這則惡耗，仰頭是杳杳天，遠處是茫茫海，老哥哥淌下的是一串串悲淒哀傷的淚水。倘若蒼天有眼，秋天不再讓我們傷感，那白茫茫的霧氛，明明是春天的景象，爲何竟讓黃菊花、白玫瑰，替代春花的嫣紅。君不見百花爭豔的季節就在眼前，生命中的春天，理應更燦爛，爲何偏偏被那茫茫的霧氛所籠罩，不見春陽的嬌豔。我們不懂，什麼是輪迴？只知道人世間有生亦有死，爲什麼要讓不該在此時出現的早春，引導你西歸。

我們相識在一九六八年的〔文藝營〕，彼此對文學的熱衷和喜愛，但彷若曇花般地，只有那短暫的時光，隨著歲月的成長，也逐漸遠離這塊曾經參與耕耘的園地，而後竟休耕。雖然同住新市里，彼此的作息不一，難以尋機長談，只是默默地相互關懷著，有時匆匆地交會，也是無言地點點頭、笑一笑，但也點出我們內心的誠摯，和不變的友誼。

前年夏天，我嚐試重拾己鏽的文學之筆，並把卅年前的舊作再版，我並沒有遺忘要把這份慚愧的紀念品送予你；眼前的三本書也是一些不成熟的作品。但，從事筆耕的朋友都清楚，罵人的那一套人人會，創作的這一行並非人人懂，這也是我們最感安慰的地方。而當《失去的春天》出版時，你已被病魔所困，我實在提不起勇氣，將這本含有濃厚悲情色彩的書送給你：書中的顏琪，已永存在我心底；黃華娟則活在我深深的記憶裡，雖然老哥哥的春天已失去，但冀望你有一個光輝燦爛的春天。不忍心在你休養的期間裡，再感染到那份淒涼的況味。然而，這本書雖不能讓你帶往天國，但我將轉交給陪你走過近二十年青春歲月的李麗娟老師，請她留下一個永恆的紀念。

家祭與公祭儀式相隨地舉行，靈堂雙旁是各界致贈的花藍，黃色的菊花、白色的玫瑰，含苞的是百合；你的同事、你的學生，別著黑紗，神情凝重地站立在右邊的沙地上，他們將以虔誠之心，向你行最後的三鞠躬禮。洪明標老師以深厚的國學根基、文學功力、如兄如弟的情誼，為你撰寫令人淒然淚下的祭悼文；而當黃奕展老師，紅著眼眶以感性的語辭、哽咽地為你宣讀時，全場一片肅穆，圍牆旁、古榕上的鳥雀不再吱喳，天上微飄著茫茫的霧氛，我們的心卻冰凝在這早臨的春分裡。

——悠悠人世，時聚時散，猶如浮雲，鍾情如我輩者，豈能渾然相忘。自今以後，一在天之涯、一在地之角，然先生之言語笑談，音容舉止，必永記吾等心中……。

聆聽至此，我的淚水已不能不奪眶而出；然而，它卻沒有滴落在衣襟上，而是回流到我心裡。

啓靈的古樂已響，靈車緩緩地走動，身披著麻衣爲你擎舉「番仔」的是一顆童稚之心，俊逸的臉，在他最需要你的時候，你卻不願再回頭。幼小的心靈，頓失依靠，所有的重擔，將由他們的母親獨自扛挑。朋友，此情此景，老哥哥已難以承受；當我的淚光不再閃爍，往肚裡吞的淚水是我們此生不渝的友情。

身著黑色衣褲腰繫黑色圍裙的夫人，我們能理解，她的悲傷不僅寫在臉龐，也銘刻在心上。當靈車駛離林森路，已哀慟得不能自已，雙脚軟弱無力地跪在地上，足登的「萬里鞋」，再也行不得萬里路，而又有誰能來扶持她，讓她走完孤單的人生旅程。

依浯鄉的習俗，你的靈車不能環繞新市里的每一街道，只能順著黃海路悄悄地前行。湖中的鼓號樂隊已上了車，孩子們不是送老師遠行，而是要迎回你的靈位。誠然，老師的音容能常存在他們心中，遺憾是不能再聆聽老師在課堂上諄諄的教誨。吾愛吾師，師恩更難忘。倘若有一天，他們立足在這個現實而多變的社會上，更會想起，沒有當初老師，就沒有今天的我！

靈車已駛過黃海路與復興路的交叉口，依禮俗孝男下跪，叩謝送殯的親友們。然而，天國之路程迢遙，雙旁木棉綠葉亦已枯黃，新市里離你愈來愈遠；老哥哥已陪你走過木棉道，人間雖難再相見，天堂總有會面時，朋友，請好走。當你抵達西方的極樂世界，勿忘向我招招手……。

原載一九九八年三月一日《浯江副刊》

後記

一九九八年四月，寫完《秋蓮》下卷（迢遙浯鄉路）後，爲了不讓死亡的陰影在腦中繼續盤旋，我暫時歇下筆，讀了一些書，雖然不能立即從書中悟出人生的眞諦；然而，倘若不思不想、不看不寫，讓時光從繚繞的煙霧中溜走，這是文人的悲哀，不是浪漫。

一個風雨交加的午後，我遙對著窗外新芽初萌的木棉樹，雨水猛烈地打在它的枝枒上，發出令人心悸的沙沙聲響，心中掠過一陣寒意，一個瘦弱蒼老、雙頰深凹的身影則在我腦中不停地迴旋著，那是畢生默守著家園、忠厚樸實、從事農耕工作，不怨天尤人的父親影像。

在我唸完初中一年級，貧窮的家境不允許我繼續升學的那段時光，我隨著父親上山下田，擔「祖」（水肥）挑「糞」（堆肥），開草田，撒蕃薯股，種「露稅」（高粱）

，「佈芋」（種芋頭），嚐過五十年代艱辛苦楚的農耕歲月，雖然吃盡苦中苦，卻依舊是個平凡人；然而，這意義非凡的「平凡」兩字，卻讓我此生受用不盡，活得踏實，過得愜意，沒有染上現實社會裡的惡習，以及人人欲誅之的虛僞和假面。而今歲月遞嬗，當初父親辛勤耕耘的那幾畝旱田，已成爲草埔，雖然沒有繼承他的衣缽，但老人家平淡樸實的風範，是我航行在這茫茫人海裡的一盞明燈，讓我把持著人生的方向。

母親已八十高壽，仍然堅持住在碧山老家的古厝，在屋外的空曠地，種了些菜，養了幾隻雞，自己料理日常生活起居，硬朗的身體，是兒孫的福份，她熱愛鄉里，嫻熟新舊習俗，村中的婚喪喜慶，仍然少不了她的參與。

今年是父親逝世十週年忌日，也是母親八十壽誕，而身爲次子的我不才，無緣成爲人人「敬仰」的「社會人士」，在母親壽誕日，沒有黨政軍各級首長、中央地區民意代表賜頒壽幛壽屏，以增光彩；幸好，母親從不言壽、不做壽，把人生中的榮華富貴看得淡淡的，甚至榮頒「模範母親」的獎牌，也是掛在一個不起眼的角落。她熱心熱忱、爲善不欲人知的義止善行，絕非是一張獎狀、一塊獎牌可替代，更可貴的是獲得殊榮、從不炫耀的高尚情操。

爲了緬懷已逝的父親，以及恭祝母親八十華誕，我接受友人的建議，特地從當初倉促出版的《再見海南島　海南島再見》乙書裡，釋出〔新市里札記〕十六帖，以及後續的十七帖，編成單一的散文集，而不再是一本複式書；雖然尚未達到我理想中的意境，但我熱愛鄉土的心永恆不變，浯鄉湛藍的海水，翠綠的草木，親情和友情的馨香，時時刻刻在我心湖中蕩漾，在我腦海裡激盪。

願這本書是我最虔誠的心意——

呈獻給

敬愛的父母親。

一九九八年八月　於金門新市里

國家圖書館出版品預行編目資料

同賞窗外風和雨／陳長慶著
－初版－臺北市，大展，民 87
面；　公分－（文學叢書；6）
ISBN 957-557-866-X（平裝）

855　　　　87011249

同賞窗外風和雨　　ISBN 957-557-866-X

作　　者／陳　長　慶
校　　對／陳　嘉　琳
發 行 人／蔡　森　明
出 版 者／大展出版社有限公司
社　　址／台北市北投區（石牌）致遠一路 2 段 12 巷 1 號
電　　話／(02) 28236031・28236033
傳　　真／(02) 28272069
郵政劃撥／0166955—1
登 記 證／局版臺業字第 2171 號
承 印 者／國順圖書印刷公司
裝　　訂／嶸興裝訂有限公司
排 版 者／千兵企業有限公司
電　　話／(02) 28812643
金門總代理／長春書店
金門縣新市里復興路 130 號
電　　話／(0823) 32702
郵政劃撥／19010417　陳嘉琳帳戶
法律顧問／劉鈞男大律師
初版 1 刷／1998 年（民 87 年）10 月

定　　價／200 元